石狩川殺人事件

西村京太郎

双葉文庫

目次

十津川警部
石狩川殺人事件

最上川殺人事件

1

父が死んだことをしらせてくれたのは、山形《やまがた》県の酒田《さかた》警察署だった。

六月十七日。まだ、梅雨の最中である。

簡単な電話連絡で、最上川《もがみがわ》で、溺死したというだけなので、詳しいことはわからない。

とるものもとりあえず、可奈子《かなこ》は、翌日、羽田《はねだ》から庄内《しょうない》空港までの飛行機に乗った。

可奈子は、山形にも、酒田にも、いったことがなかった。

酒田という地名はしっていたが、山形県のどのあたりにあるかもしらず、慌てて、地図で調べ、空路でいくのが一番早いと、しったくらいだった。

父の合田徹《あいだとおる》は、精密機械メーカー合田精器の社長の座を弟に譲ってから、気ままに、旅行を楽しんでいた。

五十五歳の若さで、なぜ、急に、社長の座をおりたのか。たぶん、母の急死が原因だったろうと、可奈子は、勝手に考えていた。

母の明江《あきえ》は「体の丈夫なのが、私の取り柄」というように、女学校時代、バレーボールで鍛えた体は、頑健で、社長夫人になってからも、婦人会の役員をやったり、地区のバレーボールのクラブを指導したりと、走り回っていた。

父の合田のほうは、どちらかといえば、病弱なほうで、母の明江には、俺のほうが、きっと先に死ぬだろうから、あとのことは頼むと、よくいっていたのだが、丈夫なはずの母のほうが、突然、亡くなってしまった。

それも、近くの公民館でおこなわれたママさんバレーボール大会に、監督として出ることになり、自転車で出かけて、車にはねられたのである。

合田は、危険だから、車を使いなさいといっていたが、明江は、体を鍛えるには、自転車が一番といって、やめなかった。

それが、結局、命とりになって、母は、車にはねられて、亡くなってしまった。はねたのは、外車らしいというが、一年たった今でも、犯人は捕まっていない。

病弱な自分が死なず、医者には無縁に見えた妻の明江が急死してしまったことに、世の無常を感じての引退ではないかと、ひとり娘の可奈子は、勝手に考えていたのである。

社長をやめてから、父の合田は、日本全国を旅して回るのを楽しみにして、今回も、可奈子には「東北の温泉めぐりをしてくる」といい残して、出かけた。

東北のどこだとは、いってなかった。行き当たりばったりの旅が、一番いいというのが、父の口癖だった。

東京を出発したのが、確か、六月十五日。そして、二日後の十七日、突然、父の死を、しらされたのである。

羽田から五十五分で、庄内空港に着いた。一時間足らずの旅なのに、可奈子には、ひどく遠い感じがした。それはたぶん、急死して遠いところへいってしまった、父のことがあったからだろう。

空港から、タクシーに乗り、酒田市に向かう。

走り出すと、可奈子は、目を閉じた。

可奈子に対しては、放任主義の父であった。子供のことは、母親に任せて、仕事一途な父でもあった。

可奈子が、N大の仏文を卒業したあと、フランスで、二、三年遊んできたいというと、父は、何もいわず、黙って、その費用を出してくれた。

「私は、金は出すが、口は出さぬ主義だ」と、当時、はやった某球団社長の口調を真似ていったのを、妙に鮮明に覚えている。真面目な父は、たぶん、甘い父親だと思われるのが恥ずかしくて、照れ隠しに、いったのだろう。

可奈子が、就職の道を選ばず、翻訳と、現代フランス案内みたいな雑文書きの道を選んでも、父は、何もいわなかった。

家では、父はほとんど喋らず、いつも、母が一方的に、喋っていたような気がする。それでも、夫婦仲はよかった。

父は、私生活では、まったく、母に寄りかかっていたようなところがあった。それだけに、母の突然の死は、父の胸に、ぽっかりと、大きな穴をあけてしまったのかもしれない。

社長をやめ、日本中を旅行して回ることで、父の胸の、その大きな穴は、埋められていたのだろうか？

「お客さん、着きましたよ」

運転手の声で、可奈子は、目を開けた。

車は、酒田警察署の前で、停まっていた。

2

木村という中年の刑事が、応対してくれた。

「お父さんは、お気の毒なことでした」

と、木村は、悔みをいってから、事情を説明してくれた。

最上川には「最上川芭蕉ライン舟下り」という観光ものがある。昔、松尾芭蕉《まつおばしょう》が、舟で、最上川を下ったという故事にちなんだもので、距離は、約十二キロ。冬は、ビニールを舟にかぶせた雪見船が人気だという。

四月から、十一月は、普通の舟で、一日、七、八便。一時間の舟下りである。途中の両岸の景色を楽しむほか、船頭が、最上川舟唄などをきかせてくれる。

「合田徹さんは、六月十六日の午後に、この舟下りに乗られましてね。最初から、気分が悪かったのか、舟べりにもたれていたと、船頭はいっています。そのうちに、たぶん、合田さんは、吐こうとして、身を乗り出されたんだと思います。あっという間に、舟から、転落されましてね。船頭の急報で、大騒ぎになり、ほかの舟も協力して探しました。ちょうど、梅雨時で、水量が増えていたし、芭蕉の句にもあるように、流れが速くて、なかなか、見つかりませんでした。翌朝、やっと、下流で見つかったんですが、その時は、もう手遅れでした」

と、木村は、いった。

「そんなに簡単に、落ちてしまうんですか？」

可奈子は、きいてみた。彼女の考える観光船というのは、海や、湖で見る船で、船室が完備されていて、船から落ちるなどということは、考えにくかったのだ。

木村は、問題の舟の写真を見せてくれた。

「こんなふうに、底の平らな木造船で、舟べりも、低いのですよ。それで、身を乗り出すと、落ちる危険があるんです」

と、木村は、いった。

写真には、十五、六人の客が、舟底に、腰をおろしている。確かに、舟べりは、高くなくて、立ちあがったりすれば、怖いだろう。

「船頭や、ほかの客の証言もあり、溺死に間違いないので、事故死という結論になりました」

と、木村は、いった。

叔父で、現在、会社の社長をやっている合田琢《たく》も駆けつけ、可奈子と二人、木村の案内で、父の遺体と対面した。その顔に、苦痛の表情が浮かんでいないことが、可奈子にとって、唯一の救いに感じられた。

翌十九日に、父の遺体を、酒田市内の葬場で荼毘《だび》に付し、その日のうちに、叔父と一緒に、東京に戻った。叔父は、父が亡くなった最上川を見ていかないかと誘ったが、可奈子は、辛くなるだけだからと、断った。

父は、社長の椅子を弟に譲ったあとも、一応、監査役ということになっていたから、二十二日に、社葬がおこなわれた。

遺言書も見つかり、顧問弁護士が立ち会って、開示された。

合田精器は、弟の現社長が、引き続き、経営していくこと、二十億余りの個人財産は、ひとり娘の可奈子が、引き継ぐことが決まった。

税理士に頼んで、財産税などで、税務署と折衝してもらうなどして、すべてが終わったのが六月の末だった。

少しずつ、可奈子自身も落ち着いてきて、七月に入ったら旅行してみよう、いくなら、やはりパリがいいと、思った。

七月五日に出発と決めて、向こうのホテルや、飛行機の予約に走り回っているとき、可奈子は、一通の手紙を受け取った。

差出人の名前は〈最上峡芭蕉ライン観光・広報担当後藤秀《ごとうしげる》〉と、なっていた。

〈突然、お手紙を差しあげます。

当社は、最上川芭蕉ライン舟下りを、主催しております。出発地点の舟番所には、芭蕉翁にふさわしくと考え、お客様に俳句を書いていただき、それを、投句箱に入れていただいております。毎月末にそれを開け、県内の秀れた俳人に頼み、選をしていただいています。優秀な句をよまれた方には、記念品をお送りしております。六月三十日にも、箱を開け、約五十通の投稿を見ていたところ、六月十六日に、最上川で亡くなられた合田徹様のものが、入っておりました。酒田警察署で伺ったところ、娘さんがおられるとしり、貴女様に、お送りしたいと考えました。あるいは、貴女様の悲しみを、倍加させることにしかならないかと、危惧いたしましたが、これは、お父上のものであることは、間違いないので、同封させていただきました。

気持ちが落ち着かれましたら、ぜひ、最上川舟下りを楽しみに、おいで下さ

〈敬具〉

い。

合田可奈子様

封筒には、投句の紙が、同封されていた。

間違いなく、父の字で〈東京都世田谷区《せたがや》深沢《ふかさわ》×丁目　合田徹〉とあり、句は、二句、記入してあった。

紅葉が　炉端に映る　静けさか
秋風が　奇人変人　撰り分ける

父が、俳句をやっていたというのは、可奈子は、きいたことがなかった。

しかし、間違いなく、父の筆跡である。

（いったい、どういうことなのだろうか？）

と、可奈子は、考えこんでしまった。

3

これより少し前、警視庁捜査一課の十津川警部は、部下の刑事と一緒に、四谷《よつや》三丁目のマンションにきていた。

「ヴィラ四谷」の三〇二号室。

2LDKの部屋の表には、表札の代わりに〈中条探偵事務所〉の看板が、かかっている。

十二畳の洋間が、事務所になっていて、奥の六畳が、寝室という間取りだった。

十津川は、その事務所の床に、俯せに倒れている死体を、眺めていた。

四十二歳の痩せた男が、この事務所の主の中条《なかじょう》修《おさむ》だった。

ジーンズと、白のTシャツという格好で、中条は、後頭部を割られて死んでいる。

たぶん、ハンマーか、スパナで、滅多打ちにあったのだろう。噴き出した血は、すでに乾いて、後頭部に、こびりついていた。

「死後、十五、六時間といったところかな」

と、検視官が、呟いている。

十津川は、腕時計に、目をやった。現在、午後二時十五分だから、昨夜の午後十時から十一時ということか。

死体を発見したのは、このマンションの管理人で、ドアの鍵は、開いていたし、部屋の明りは、ついていたという。

事務所の隅に置かれたキャビネットは、四つの引き出しが、すべて、開けられ、中身は、空っぽになっていた。

「私立探偵の事務所ですから、キャビネットのなかには、それまでに調査した報告書の控えや、撮った写真などが、入っていたんでしょうね」

と、亀井刑事が、いった。

「犯人は、それを奪うために、やってきて、中条修を殺した、ということかな？」

「だと思うんですが、なぜ、被害者が、ドアを開けて、犯人を部屋に入れたのかが、わかりません」

と、亀井は、いった。

「金か」

十津川が、短くいう。

「どういうことですか？」

「中条修という男のことを、詳しく調べてみてくれ。性格、評判。そして、最近、どんな仕事をやっていたかだ」

と、十津川は、いった。

鑑識が、部屋の写真を撮り、指紋を採取し、それがすむと、司法解剖のために、死体は運ばれていった。

刑事たちは、被害者のことを調べるために、いっせいに、聞き込みに走った。

四谷警察署に、捜査本部が設けられ、そこに、聞き込みの刑事たちから、少しずつ、連絡が、入ってきた。

同業の私立探偵の間を回っていた西本と日下の二人が、電話をかけてきた。

「中条の経歴ですが、元、北海道《ほっかいどう》警の刑事です。同業者には、上役と意見が合わず、警察を退職したと、いっていたようですが、どうやら、セクハラをやって、依願退職し、上京して、私立探偵を始めたというのが、真相のようです」

と、西本が、十津川に、いった。

「仕事は、順調だったのか？」

と、十津川が、きく。

「あまり、うまくは、いってなかったようです。調査の仕事というのは、信用第一ですからね。いきなり始めて、客がつくというものではないんでしょう。中条は、元刑事というのを、売り物にしていたといいます。つまり、警察に友人がいるということを、宣伝に使っていたわけです。それが、去年の十一月頃から、急に金回りがよくなったというのです」

「なぜ、そうなったかは、わからないのか？」

「どうも、いいスポンサーがついたんじゃないかと、同業者は、見ています」

「スポンサーって、何のことだ？」

十津川は、首をひねって、きいた。

電話口に、日下が出て、

「こういうことです。金持ちに頼まれた仕事が、入ったんじゃないか。その依頼主は、その調査のためには、いくらでも、金を出してくる。だから、中条は、その仕事だけやっていれば、金に困らなくなったというのです」

「どんな仕事なんだ？」

「中条は、それについて、何も話さなかったそうです。依頼主に、秘密を守ってくれといわれていたのか、あるいは、中条が、大事な金蔓を隠しておきたかったのか。たぶん、両方だったろうと思います」

「調査報告書の控えは、盗まれているんだから、その仕事の内容は、結局、わからずになるのか？　それでは、犯人に、近づけないぞ」

十津川が、厳しい声でいうと、日下が、

「一つだけ、突破口があります」

「どんなことだ？」

「問題の仕事ですが、中条ひとりでは、手に負えなかったとみえて、何人もの人間を、金で雇っていたことが、わかりました」

「ほかの私立探偵を雇ったということか？」

「いいえ。ほかの私立探偵には、頼まなかったようです。せっかく摑んだスポンサーを、横取りされるのが、怖かったからだと思います。それで、同業者は雇わず、アルバイトを、何人か雇って、働かせたようです」

と、日下は、いった。

「その人間は、見つかりそうなのか？」

「見つけます」

と、日下は、いった。

中条修が、取り引きに使っていた銀行が、わかった。

K銀行の四谷三丁目支店である。

そこへ調べにいった三田村と、北条早苗の二人は、捜査本部に帰ってくると、中条の預金通帳の写しを、十津川と亀井に見せた。

去年の十月から、急に、多額の金が、それも、毎月、規則的に振り込まれていた。

その金額は、今年の四月までに、四千万円に達し、さらに、五月六日には、二千万円という大金が、振り込まれている。その合計は、六千万円に達している。

それに対して、支出は、一千三百万円。たぶん、それで、何人もの人間を雇ったのだろう。

「この大金の振り込み人ですが、名前は、小田進《おだすすむ》で、K銀行の新宿《しんじゆく》支店に、毎回、現金を持ちこんで、振り込んだといっています」

と、三田村は、いった。

「どんな人間なんだ？」

「それを、K銀行新宿支店へいって、窓口できいたんですが、現金を持ってくるのは、中年の男だったり、若い男女だったりしたそうです。たぶん、小田進という男に頼まれて、銀行に金を持っていき、振り込みの手続きをしていたんだと思います」

「そうなると、小田進というのも、偽名の可能性が、高いな」

と、十津川は、いった。

翌日になると、司法解剖の結果が出た。死因は、やはり、鈍器で、後頭部を強打されたことによる脳挫傷である。

死亡推定時刻も、検視官がいったように、六月二十日の午後十時から、十一時の間だった。

だが、中条に雇われていたとみられる人間たちは、なかなか、見つからなかった。

4

可奈子は、手紙をくれた後藤秀という男に会って、父の俳句のことをきいてみたくなった。

七月四日の朝、東京を出発し、東北新幹線で古川《ふるかわ》に出て、そこで陸羽東線《りくうとうせん》、さらに陸羽西線《りくうさいせん》に乗り換えて、古口《ふるくち》に向かう。

電話しておいたので、後藤秀が、迎えにきてくれていた。

手紙の文面から、年輩の男だろうと思っていたが、会ってみると、意外に若かった。

たぶん、三十二、三歳だろう。

「すぐ、ご案内しましょう」

と、後藤は、いった。

歩いて、七、八分で、最上川の川岸に出た。

そこに、江戸時代の舟番所を模した建物があり〈戸沢藩《とざわはん》舟番所〉と、書かれていた。

その前に、観光バスや、自家用車が、駐まっている。

後藤に案内されて入ると、なかには、土産物の売り場があり、軽い食事もとれるようになっていた。
十五、六人の観光客が、すでに入っていて、お茶をよばれたり、土産物を、物色したりしている。

建物の裏が、舟着場になっていて、覗くと、何艘かの舟下りの舟が、繋いであった。

出発の時間がきて、観光客たちが、ぞろぞろと舟着場へ出ていき、建物のなかは、急に、静かになった。

後藤は、可奈子を、土産物店の脇にある投句箱のところへ、案内した。

〈松尾芭蕉に負けずに、素晴らしい句を作って、投稿して下さい。毎月、優秀な句に、記念品を差しあげます〉

と、書かれ、見覚えのある用紙が、置いてあった。投句箱には、鍵が、かかっていた。

「父は、ここで、俳句を作って、この箱に入れたんですね」

と、可奈子は、いった。

「そうだと思います」

と、後藤がうなずく。

「でも、父が俳句を作るなんて、ぜんぜんしりませんでした。一度も、作るのを見たことがありませんもの」

可奈子が、首をひねると、後藤は、微笑して、

「それなら、お父さんは、ここで初めて作ったんじゃありませんか。このあたりは、松尾芭蕉の奥の細道のルートですから、お父さんも、それに触発されたんだと思いますよ」

と、いった。

可奈子は、父の俳句を書いた用紙を、取り出して、

「後藤さんは、俳句をおやりになるんですか？」

と、きいた。

「観光の仕事をやっていますので、勉強はしていますが、うまくはありません」

と、後藤は、いった。

「後藤さんが見て、父のこの二つの句は、どうなんですか？」

可奈子がきくと、後藤は、弱ったなという表情で、

「楽しい句だと思いますね」

「つまり、へたくそということでしょう？」

「弱ったな」

「私は、素人だけど、この二つの句が、へただというのはわかりますわ。第一、父がここへきたのは、六月なのにどちらも、紅葉だとか、秋風だとか、季節が間違っていますわ」

「それは、たぶん、お父さんが、思い出のなかの出来事を、詠んだんだと思いますが」

と、後藤は、いってから、

「ここの係の女性で、お父さんのことを覚えているのがいるんです。彼女を呼びましょう」

と、つけ加えた。

可奈子が、お願いしますというと、後藤は、小柄な、三十歳ぐらいの女を、連れてきてくれた。

「父のことを、本当に、覚えているんですか？」

と、可奈子が、きくと、その女は、

「あとで、舟から落ちて、亡くなったというので、よく覚えているんです」

と、いった。

「じゃあ、父が、ここで俳句を作って、投句箱に入れるのも、見ていたんですか?」

と、可奈子は、きいた。

「ええ」

と、相手は、うなずく。

「父は、ひとりだったと思いますけど?」

「いいえ」

「誰か一緒にいたんですか?」

驚いて、可奈子は、きいた。

「ええ。男の方二人と一緒でしたわ」

と、女は、いった。

「ほかの観光客が、偶然、父の傍にいたということじゃないんですか?」

「そうは、見えませんでしたわ。前から、知り合いのように、私には、見えました」

と、女は、いう。

「父が、あの用紙に、俳句を書いた時のことを、話して下さい」

と、可奈子は、いった。

「ええと、お父さんのお名前は——？」

「合田です。合田徹です」

「合田さんは、最初、向こうに腰をおろして、ほかのお二人と、お茶を飲みながら、舟の出発を待っていたんですよ」

と、女は、離れたところに置かれた床几《しょうぎ》を、指さした。

「それからどうしたんですか？」

「急に、合田さんが立ちあがって、こっちへ、いらっしゃったんです。そして、私に、ここで俳句を作って、箱に入れたら、いつ、開けるのかと、きいたんですよ。それで、毎月末に、箱を開けますと、お話ししたら、熱心に、俳句を、作り始めたんです」

「ほかの二人は？」

「慌てて、こっちへきて、何をしてるんだと、合田さんにきいてましたね。合田さんが、せっかく、ここへきたんだから、俳句を作ってみたいんだと、いって」

「ほかの二人も、作ったんですか？」

「いいえ。でも、合田さんが、どんな句を作るのか、熱心に見てましたよ」

と、女は、いう。

「その二人ですけど、どんな男の人だったか、教えて下さい」

と、可奈子は、いった。

「ひとりは四十歳くらいで、もうひとりは三十代かしら。若い方は背が高くて、タレントのN・Kに、顔や感じが似てましたよ」

と、女は、微笑した。

「父と、その二人の人は、仲がよさそうでしたか?」

と、可奈子がきくと、女はちょっと考えてから、

「二人の方は、合田さんに、なれなれしく話しかけてたけど、合田さんのほうは、困ってるみたいでしたよ。困っているというか、怖がっているというか――」

「父が、怖がっていたんですか?」

「私には、そんなふうに見えただけですが」

と、女はいった。

「それで、三人は、一緒に舟に乗ったんですね?」

と、可奈子は、きいた。

「ええ」

「なぜ、父は、そんなふうにいやがっている二人と、一緒の舟に乗ったんでしょうか？」

可奈子が、きくと、女は、またちょっと考えてから、

「あの二人が、どうしても、舟に乗せたかったんじゃないかしら？　合田さんは、少々、気分がすぐれなかったみたいでしたよ」

と、いった。

「そういえば、父は、舟のなかで吐こうとして、川に落ちたんじゃないかと、警察でいわれました」

可奈子は、酒田警察署での話を思い出して、いった。

「そうですか。気のせいかもしれませんけど、合田さん、蒼い顔をなさっていましたよ」

「父は、ここで俳句を作ってから、すぐ、舟に乗ったんでしょうか？」

と、可奈子は、きいた。

父のことを、できるだけ詳しくききたかったのだ。

女は、小さく首を横に振って、

「いったん、向こうへ戻って、お茶をお飲みになってから、舟に乗られたんですよ」

と、いう。

「私も、舟に乗ってみたくなりました」

と、可奈子は、後藤に向かって、いった。

新しく、七、八人の観光客が、やってきて、また賑やかになった。

可奈子は、そのグループと、次の舟下りに乗ることになった。

料金は、一九三〇円。

後藤が、一緒に、乗ってくれることになった。

建物の裏にある舟着場に、ほかの観光客と一緒に、出ていった。

底の平たい和船である。改めて、舟べりが低いなと思いながら、可奈子は、乗りこんだ。

平たい舟底には、毛氈《もうせん》が敷いてあり、簡単なテーブルが置いてある。客は、そのテーブルに向かい合う形で、腰をおろす。

可奈子は、後藤と向かい合って、腰をおろした。

舟には、初老の、陽焼けした船頭と、二十歳くらいの、若い助手が、乗ってきた。

助手のほうは、見習いという感じで、頼りない。

その助手が、お茶を配り、希望者には、お弁当を渡して歩く。

舟は、桟橋を離れ、川の中流に向かう。東北を代表する川だけに、川幅は広い。

水量も多く、流れも速い。

舟は下流に向かって、滑るように、進む。

船頭は、客扱いに馴れている感じで、駄洒落を連発して、笑いを誘い、河岸の景色を説明し、そのうちに、最上川舟唄を、歌い出した。

いい声だった。きっと、民謡を長いこと、習っているのだろう。

河岸は、緑一色である。

山を覆う樹々が、水際まで迫っている。紅葉の季節になったら、さぞ、美しく、燃えるように見えるだろう。

ところどころに、滝が見える。

最上四十八滝というらしい。後藤は、パンフレットを取り出し、実直な感じで、それを、可奈子に説明してくれる。

「どうして、こんなに、私に親切にしてくれるんです？」

と、可奈子が、きくと、後藤は、目をぱちぱちさせて、

「実は、僕も、去年、母が死んで、肉親を失ったやり切れなさが、よくわかるんです」

と、いった。

「でも、会社のほうは、いいんですか？」

可奈子が、きくと、後藤は、笑って、

「大丈夫です。今日は、休みを取りましたから」

と、いった。

一時間足らずで、終点の草薙《くさなぎ》温泉に着いた。

「念のために、ここの『滝沢屋』という旅館を、予約しておきました。お疲れでしたら、泊まっていって下さい。僕の名前になっています」

と、舟から降りるときに、後藤が、いった。

可奈子は、その厚意に甘えることにした。体が疲れたというより、ここで、何か考えたいと、思ったからである。

純和風の旅館だった。二階の部屋に入り、窓を開けると、最上川の流れが見える。

可奈子は、父の作った二つの句を取り出して、考えこんだ。

5

三田村刑事が、ひとりの男を、捜査本部に連れてきた。四十二、三歳の男である。

「久保正《くぼただし》さんです。外車の販売をやっているS社の方です」

と、三田村が、十津川に、紹介した。

「外車のセールス？」

「そうです」

と、久保が、うなずき、

「この刑事さんの話では、中条さんのことで、ききたいということですが？」

「そうです。中条修さんが殺された事件を捜査しています。あなたが、彼から頼まれて、私立探偵の仕事を手伝っていたんですか？」

と、十津川が、きくと、久保は、困惑した顔になって、

「会社には、内密なことなので、秘密は、守っていただけますか？」

「もちろん、守ります」

十津川が約束すると、久保は、ほっとした顔で、

「誰かが紹介したのかもしれませんが、中条さんが、僕の自宅マンションに訪ねてみえたんです」

「彼とは、前から、知り合いだったんですか？」

「とんでもない。初めて、いきなり訪ねてきて、人助けの仕事で、しかも、金になる仕事を、引き受けてくれというんです」

「それで？」

「外車のセールスで、忙しいといったら、外車のセールスをしながらやれる仕事だといわれました。そのほうが、いいんだといわれましてね」

「それで、引き受けた？」

「ええ。人助けだといわれたし、借金もあって、お金が必要でしたから」

「どんな仕事ですか？」

と、十津川がきくと、久保は、手帳を取り出して、それを見ながら、

「去年の六月二日に、世田谷の駒沢《こまざわ》公園の近くで、自動車にはねられて亡くなった女性がいる。その車は、シルバーメタリックの外車だから、あなたは、外車のセールスをしながら、それらしい車や、持ち主を探してほしい。噂でも構わないといわれました。それなら、できると思って、会社に内緒で、始めたんです」

「はねられた女性の名前は、わかりますか？」

「それは、教えてくれませんでしたね」

と、久保は、いった。

どのくらいの金をもらっていたのかときくと、一カ月に十万円で、何か摑んで連絡すると、その度に、余分に、一万から、五万の金をくれたという。

「たぶん、僕のほかにも、何人も、アルバイトを雇っていたと思いますよ。それらしいことを、彼が、口にしていましたからね」

と、久保は、いった。

「それで、あなたは、犯人の車を見つけ出したんですか？」

十津川がきくと、久保は、小さく首をすくめて、

「駄目でしたね。見事に、犯人の車を見つけたら、成功報酬を百万円くれるとい

うので、必死に、探したんですがね」

と、いった。

十津川は、三田村と、北条早苗の二人に、さらに、私立探偵の中条に雇われている人間を、捜すように指示しておいて、亀井と、問題の事故について、調べることにした。

駒沢公園近くで起きた交通事故といえば、世田谷警察署の交通係が、担当したはずである。

十津川と、亀井は、世田谷署に、出かけた。

問題の事故を担当したのは、池田という刑事だった。

「あれは、残念ながら、まだ、未解決でして」

と、恐縮した顔でいうのへ、十津川は、

「今日は、別に、君を非難するためにきたんじゃないんだ。この事故のことを、詳しく話してもらいたいだけだよ」

と、いった。

池田は、世田谷区内の地図を出してきて、

「事故は、この地点で起きました。駒沢公園の近くの路上です。近くの公民館でおこなわれたママさんバレーに、監督として出場することになっていた、四十八歳の合田明江という主婦が、自転車で走っているとき、車にはねられて、死亡しました」

「合田明江。四十八歳か」

「そうです」

「家族は？」

「夫と、娘がひとりいます」

「シルバーメタリックの外車が、はねたというのは、間違いないのか？」

と、亀井が、きいた。

「目撃者は、小学二年の女の子でした。彼女に、いろいろな車の写真を見せた結果、どうやら、色はシルバーメタリックで、外車らしいとなったのですが、それでも、問題の車は、発見できませんでした」

池田は、口惜しそうに、いった。

「被害者の家族だが、今、どうしているか、わかるかね？」

と、十津川が、きいた。

「夫の合田徹は、合田精器の社長でしたが、妻が亡くなったあと、急に、社長の座を弟に譲って、旅行を楽しむ生活を始めました。妻が急死して、世の無常を感じ、あくせく働く生活ではなく、生活を楽しむことにしたのではないかといわれていましたが、先日、旅先で亡くなりました」

「亡くなった？」

「そうなんです。東北の温泉めぐりの途中、最上川の舟下りをしていて、川に落ちて、溺死したそうです」

と、池田は、いった。

「娘のほうは、どうだ？」

「娘の可奈子は、ＯＬにはならず、翻訳の仕事をしているときいています。今度の父親の死は、ショックだと思います。これで、天涯孤独になってしまったわけですから」

と、池田は、いった。

「夫の合田徹だが、どんな人間なんだ？」

十津川は、地図に目をやりながら、きいた。

「四、五回、会いましたが、生真面目で、典型的な仕事人間という印象でした。それだけに、よけい、妻の急死は、ショックだったと思います。仕事一途な生き方に、疑問を感じて、人並みに楽しむことにしたというのも、よくわかります」

と、池田は、いった。

「彼は、亡くなった妻を愛していたんだろうね?」

と、亀井が、きいた。

「そう思います」

「彼が、私立探偵を雇って、妻をはねた車を探しているという噂を、きいたことは、なかったかね?」

と、十津川は、きいた。

「いえ。そんなことをしていたんですか?」

「まだ、はっきりとはしてないんだがね」

十津川は、曖昧に、いった。

十津川は、捜査本部に戻る途中、パトカーのなかで、亀井と、この問題について、話し合った。

「合田徹が、私立探偵を雇った可能性は、大いにありますね」

と、亀井は、いった。

「そして、問題の車と、犯人を見つけたか?」

「そうですね。最上川で、溺死したというのが、ひっかかってきます」

「しかしねえ」

と、十津川は、首をかしげて、

「警察が、一年かけても見つけられなかったんだ。それを、いくら金にあかして、調べたとはいえ、私立探偵に、車と犯人が、見つかるものかねえ」

「私も、そこが疑問ですが、頼まれた私立探偵が殺され、調査資料が、盗まれています」

と、亀井は、いった。

「カメさんは、中条が、犯人を見つけたから、殺されたと思うのか？」

「そうだとすると、中条は、当然、合田にしらせたと思います。中条の預金は、五月に、急に、二千万も増えています。それは、成功報酬として、合田が、支払ったものじゃないでしょうか」

と、亀井が、いった。

「合田は、犯人を捕まえようとした。だが、犯人は、逆に、合田を、最上川に誘い出して、溺死させたということも、考えられるわけか」

十津川は、いい、捜査本部に戻ると、山形県警に、電話を入れた。

最上川で起きた溺死事故のことでききたいというと、酒田警察署の木村刑事に回された。

木村は、やや訛《なま》りのある口調で、

「あれは、溺死に間違いありません。外傷はありませんでしたし、舟下りの船頭も、合田徹さんが、川に落ちるのを目撃しています」

「なぜ、落ちたんですか？」

と、十津川は、きいた。

「船頭の話ですと、合田さんは、舟に乗ってから、気分が悪かったらしく、舟べりにもたれていたんですが、吐こうとして、身を乗り出して、川に落ちたと思われます。舟べりの低い舟ですから」

と、木村刑事は、いった。

「溺死に、疑問な点はないわけですね？」

「ありません。舟のなかで、ほかの客と喧嘩して、突き落とされたというわけでもありませんから」

「家族には、しらせたんですね？」

「もちろん、しらせました。翌日、ひとり娘の合田可奈子さんが駆けつけ、少し遅れて、合田さんの弟さんがきて、こちらで、茶毘に付されました」

と、木村は、いった。

「舟に乗った時、気分が悪かったというのは、どうしたんですかねえ？」

と、十津川が、きくと、

「そこまでは、こちらでは、わかりません」

という答えが、返ってきた。

電話が切れると、十津川は、亀井に向かって、

「向こうでは、合田の溺死について、何の疑いも持っていないようだな」

「仕方がないでしょう。向こうは、私立探偵が、合田徹の奥さんの事故の件を調べていて殺されたことは、まだ、しらないと思いますから。しれば、少し、考えが変わると思いますね」

と、亀井は、いった。

6

可奈子は、目を覚ました。

まだ、窓の外が暗い。昨夜は、よく眠れなかった。

もう一度、眠る気にもなれず、布団の上に、腹這《はらば》いになり、枕元に置いた父の俳句に、目を落とした。

昨夜も、遅くまで、この二つの俳句を、見ていたのだ。

父が、ひそかに俳句をやっていたとは、思えない。仕事一途で、無趣味を絵に描いたような人だった。

俳句をやる人は、たいてい、仲間がいるものだ。同人誌を出したりする。自分の句を発表する場がほしいからだ。

だが、父に、俳句の仲間がいるという話はきいたことがないし、同人誌を見たこともなかった。

それなのに、舟番所で、父は突然、俳句を作って、投句箱に入れている。それも、二句も。

(なぜ、そんなことをしたのだろうか?)

と、可奈子は、考えてしまう。

芭蕉の最上川下りの場所にきて、急に、俳句を作る気になったのだろうか?

それも、おかしいと思う。

父が、旅に出るようになってから、山形以外にも、芭蕉の足跡のある地方にいっている。

父は、日光《にっこう》にもいっていて、そこから、可奈子に絵はがきをくれた。

日光は、芭蕉が「あらたふと　青葉若葉の　日の光」と、詠んだところだが、絵はがきには、そんなことは書かれてなかったし、もちろん、俳句も書いてなかった。

この用紙には、住所と名前が記入されているから、自分が死ねば、世田谷の自宅に送られることは、わかっていたはずである。

（私への伝言なのだろうか？）

と、可奈子は、思った。

それなら、なぜもっとはっきりと書かなかったのだろうか？

なぜ、こんなへたくそな俳句を、残したのだろうか？

可奈子は、起きあがると、洗面所へいき、冷たい水で顔を洗って、今度は廊下の籐椅子に腰をおろし、お茶を淹れて飲みながら、考えることにした。

舟番所で働く女性の話では、父は、二人の男と一緒だったという。

彼女の話の様子では、父は、その二人から脅かされていたようにも、思えるのだ。

（脅かされているなかで、何かを伝えようとしたのではないだろうか？）

もし、そうだとすると、父は、助けてくれと、ほかの人に、救いを求めることもできなかったのかもしれないし、この用紙に助けてくれとは書けなかったろう。

二人の男が、父の手元を覗きこんでいた、というからである。

切羽つまった父は、俳句に託して、何かを、いい残そうとしたのではないのか？

しかし、二つの句をいくら、読み直しても、伝言を、読み取ることは、できない。

第一、生まれて初めて、俳句を作った父に、そんな芸当ができるとは、思えなかった。

だから、もっと、簡単なことなのだ。初めて、俳句を作った父にもできることだろう。

俳句は、五、七、五と、言葉を並べれば、うまいへたは別にして、できあがってしまう。

可奈子は、もう一度、二つの俳句を見つめた。
（ああ！）
と、可奈子は思った。
簡単な隠し言葉だったのだ。
可奈子は、ボールペンを持ってきて、二つの俳句の横に、仮名を並べていった。

㋙ウヨウガ　㋺バタニウツル　㋛ズケサカ
紅葉が　炉端に映る　静けさか
㋐キカゼガ　㋖ジンヘンジン　㋓リワケル
秋風が　奇人変人　撰り分ける

〈コロシ　アキエ〉
これが、父が伝えたかった言葉ではないのだろうか。
〈殺し　明江〉
母の自動車事故が、殺しなのだということなのか。それとも、自分は、殺される。

明江のことでということなのか。

八時になって、部屋で朝食をとった。それをすませて、窓から、最上川を眺めていると、後藤が、寄ってくれた。

「よく眠れたか、心配になって、寄ってみました。川の音が、きこえませんでしたか？」

と、後藤が、きく。

「これを見て下さい」

と、可奈子は、後藤に、二つの俳句の横につけたカタカナを見せて、

「『コロシ　アキエ』になるんです。アキエは、母の名前です」

「驚いたな。気がつきませんでしたよ」

後藤が、びっくりした顔で、いう。

「それは仕方がないわ。後藤さんは、母の名前も、母が去年、交通事故で亡くなったことも、ご存じなかったんだから」

「もし、あなたの考えが正しいとすると、お父さんの溺死も、不審になってきますね」

と、後藤は、いった。

可奈子は、うなずいて、

「そうなんです。山形の警察に、もう一度、父の死を、調べてもらいたいわ」

「それは、無理かもしれませんよ」

「なぜ？」

「警察は、溺死と決めてしまっているし、遺体も、もう茶毘に付されてしまっていますからね。警察は、いったん決めた結論を、なかなか、変えませんよ」

「どうしたらいいかしら？」

と、可奈子は、後藤を見た。こんな瞬間、自分が、天涯孤独なのだと、強く感じてしまう。

「お父さんは、東京から、いきなり、最上川へきたんですか？」

と、後藤が、きく。

「出発したのが六月十五日で、舟下りに乗ったのが、十六日の午後だから、いきなり、ここへきたわけじゃないと思いますけど」

「じゃあ、お父さんは、十五日に、どこかに泊まって、翌日の午後、舟番所にきたことになりますね。それまでの間に、二人の男と一緒になったと見ていいかもしれませんね」

と、後藤は、いった。

「父は、東北に、温泉めぐりにいくと、いっていたんです」

可奈子がいうと、後藤は、フロントから、東北の観光地図を借りてきて、テーブルの上に、広げた。

「東北といっても、広いですからね。十五日に、最上川からあまり離れた温泉や街に、泊まったとは思えません。近い場所で、魅力のある温泉に、泊まったのではないかと思いますね」

と、後藤は、いう。

可奈子も、地図を見ながら、

「東京からいく時、いきなり、北の青森《あおもり》にいき、そこから戻るということは、ないと思うの。東京に近いところから、北に向かって、足を延ばすというのが、普通だから」

と、いった。

最上川の南として、温泉地を探してみた。

最上川の南の東北地方と限定しても、温泉は、数が多い。

福島《ふくしま》県だけでも、飯坂《いいざか》温泉、東山《ひがしやま》温泉、二俣《ふたまた》温泉、磐梯熱海《ばんだいあたみ》温泉、芦ノ牧《あしのまき》温泉、いわき湯本《ゆもと》温泉など数が多い。

このほか、宮城《みやぎ》県でいえば、鳴子《なるこ》温泉、作並《さくなみ》温泉、秋保《あきう》温泉、遠刈田《とおがった》温泉がある。

山形県でも、天童《てんどう》温泉、蔵王《ざおう》温泉、上ノ山《かみのやま》温泉、赤湯《あかゆ》温泉、温海《あつみ》温泉、銀山《ぎんざん》温泉など、目白押しだった。

「お父さんは、どんな温泉が好きだったんですか？　大きくて、賑やかな温泉地が好きだったのか、それとも、秘湯が好きだったのか？」

と、後藤が、きく。

「父の性格から考えて、秘湯好みだと思ったんですけど、実際には、草津《くさつ》とか、伊香保《いかほ》とか、熱海《あたみ》みたいな大きな温泉ばかり、回っているんです」

と、可奈子は、いった。

それも、不思議なことの一つだったのだ。

「よし。それでやりましょう」

と、後藤が、いった。

可奈子が、戸惑って、

「それって？」

「福島、宮城、山形の有名温泉の旅館、ホテルに、当たってみるんです。十五日に、あなたのお父さんが、泊まらなかったかどうか」

「何十軒もあるんでしょう？」

「いや、何百軒もありますよ」

「それに、全部、電話するんですか？」

「二人でやれば、一日でできますよ」

と、後藤は、いった。

「二人って、後藤さんには、仕事があるんでしょう？」

「そうです。社長にいわれました。あなたに協力して、事故の真相を調べるのが、広報の仕事だと」

後藤は、微笑し、フロントから、今度は、東北地方の旅館、ホテルの案内を借りてきた。それには、すべての旅館、ホテルの住所と電話番号が、記入されていた。

「あなたは、この部屋の電話を使って下さい。僕は、自分の携帯を使います」

と、後藤は、いった。

二人で、分担して、旅館、ホテルにかけ始めた。

しかし、可奈子の父が、十五日に泊まった旅館、ホテルは、なかなか、見つからなかった。

疲れると、二人は、一休みして、また、電話をかけ始めた。

昼すぎになって、やっと、宮城県の秋保温泉から、反応があった。

秋保のRホテルに、十五日、合田徹という名前で泊まった客がいるというのである。

「とにかく、いきましょう」

と、後藤は、いった。

二人は、古川に出て、そこから、東北新幹線で、仙台《せんだい》に向かった。

座席に腰をおろすと、可奈子は、じっと、考えこんだ。

考えるのは、父のことだった。

こうなると、父が、ただ、舟下りの舟から落ちて、溺死したとは、思えなくなってくる。

父は、必死で、SOSを発信したのだ。

へたくそな俳句に託して。

きっと、父は、殺されたのだ。

だが、誰が、父を殺したのだろうか？

座席を立っていった後藤が、車内販売の駅弁と、お茶を買って戻ってきた。

その一つを、可奈子に渡して、

「まだ、昼食を食べてなかったんですよ。腹がへっては何とかというから、とにかく、食べて下さい」

と、いった。

「すいません」

と、可奈子は、いった。

「これから、大変ですよ」

後藤は、膝の上で、駅弁を開けながら、いった。

「大変って？」

「ずっと考えていたんですが、あなたのお父さんは、事故に見せかけて、殺された可能性がある。その場合、犯人を見つけるのは、大変ということです」

と、後藤は、いった。

「ええ」

「運よく見つけたら、あとは、警察に任せなさい」

と、後藤は、いった。

仙台で降りると、タクシーを拾い、秋保温泉に向かう。二十五、六分で、秋保温泉のRホテルに着いた。

可奈子は、フロントで、自分の名前をいい、父が、十五日に、ここに泊まった時のことを、話してもらった。

「合田さんは、午後三時頃、チェックインされました。その時、フロントで、原《はら》口《ぐち》さんのことをきかれて、ロビーで、お会いになっていましたよ」

と、フロント係は、いう。

「原口さんて？」

「前日から、お泊まりになっていたお客様です。たぶん、ここで、落ち合う約束になっていたんだと思います。夜、お二人で、芸者を呼んで、楽しく、おすごしになりました」

「それで、翌日、一緒に出かけたんですか？」

と、可奈子は、きいた。

「そうです。ご一緒に、午前九時に、チェックアウトなさいました。タクシーで」

と、フロント係は、いった。

「その時、父が呼んだ芸者さんの名前は、わかりますか？」

「ええ。千鶴《ちづる》さんです」

「その芸者さんを、今夜、呼んで下さい。それから、今日、ここに泊まりたいので、部屋を二つお願いします」

と、可奈子は、いった。

7

私立探偵の中条を、調べていくと、十五、六人の外車のセールスマンに、同じことを調べさせていることが、わかった。

そのなかのひとり、平野肇《ひらのはじめ》という三十五歳の外車セールスマンが、十津川の期待していた答えを、もたらした。

中条から、百万円の成功報酬をもらったというのである。

早速、十津川は、平野と会って、詳しい話をきくことにした。

中野《なかの》のマンションで、会った。

「幸運でしたよ」

と、平野は、まず、十津川と亀井に、笑顔で、いった。

「偶然、駒沢公園近くで、人をはねたという外車のオーナーの噂を耳にしたんです。それで、中条さんに話したら、それを調べて、信用できるというので、百万円もらいました」

と、平野は、いうのだ。

「その噂というのを、詳しく、説明して下さい」

十津川が、いった。

平野は、煙草に火をつけ、ゆっくりと煙を吐き出してから、

「何でも、酒の席で、酔った男性が、つい、洩らしたというんです。駒沢公園近くの道路で、中年の女を、はねてしまった。それを夢に見て、眠れないんだと。それを、耳にしたんで、中条さんに電話したんです」

「その酔った男の名前は?」

と、亀井が、きいた。

「桜田《さくらだ》という四十代の男性だとききました。フルネームはわかりません。乗って

いる車は、ジャガーです」

と、平野は、いった。

十津川と、亀井は、今度は、ジャガーの輸入、販売をしているディーラーに、当たってみることになった。

その結果、新宿の英国車の営業所で、桜田という客のことが、わかった。

桜田要《かなめ》という男に、一年前、ジャガーを売ったという。色は、シルバーメタリック。

桜田要の住所は、杉並《すぎなみ》区永福町《えいふくちょう》だった。

十津川は、この桜田要という男について、慎重に、調べることにした。

年齢四十五歳。

職業は、エッセイストで、最近は、紀行文や、全国温泉案内などを、さまざまな雑誌に寄稿していて、自分の車を駆って、旅行していることが多いとわかった。

子供はなく、妻の京子《きょうこ》も、工業デザイナーとして、活躍していることが、わかった。

去年の暮れに、近くの修理工場で、桜田は、ジャガーの左フェンダーを、修理していることが、続けて明らかになった。

「桜田さんの話だと、悪戯されたということでしたね。朝起きて、車に乗ろうとしたら、左フェンダーが、凹んでいたというんです」

と、修理工場の親爺《おやじ》は、十津川に話した。

この事実を受けて、この日、捜査会議が、開かれた。

十津川が、これまでの捜査を総括した。

「次のような構図が、できあがります。去年の六月に、駒沢公園近くの道路上で、合田明江という女性が、自転車で走っていて、車にはねられて、死亡しました。世田谷署で調べましたが、問題の車が、シルバーメタリックの外車らしいことはわかったが、いまだに、犯人は、わかっていません。被害者の夫で、合田精器社長の合田徹は、社長の椅子を、弟に譲り、ひそかに、私立探偵の中条を雇い、妻をはねた犯人探しを始めたのです。中条は、外車のセールスマン十五、六人に金を渡し、事故の噂を集めさせました。その結果、平野というセールスマンが、桜田要というエッセイストのことを、耳にして、連絡したようです。合田にも、当然、このことはしらされたと思われます。その合田が、六月十六日に、最上川の舟下りで、川に落ちて、溺死してしまいました。単なる事故死と、思われましたが、私立探偵の中条が殺されてみると、合田の死も、事故死では、片づけられなくなりました。合田が、妻をはねて殺した犯人として、桜田を追いつめたため、逆に殺されてしまったのではないかということです」

「その桜田要は、今、どこにいるんだ？」

と、三上本部長が、十津川に、きいた。

「彼は、今、週刊Wに、紀行文を連載中で、その取材のために、東北、北海道を回っていると、妻の京子は、証言しています」

「君は、どう思っているんだ？　桜田要という男が、合田徹や、私立探偵の中条を、殺したと思っているのか？」

と、三上が、きいた。

「状況的には、その可能性が強いと思っています。しかし、不審な点が、ないわけでもありません」

と、十津川は、いった。

「どんな点が、不審なんだ？」

「世田谷署の交通係が、必死で調べたにもかかわらず、はねた車も、運転していた人間も、わからなかったのです。わかったのは、シルバーメタリックの外車らしいということだけです。それなのに、なぜ、私立探偵に、それがわかったのか？　それが、不思議です」

「それは、中条が、十五、六人の外車のセールスマンを雇って、うまく、調べたからだろう？」

「また、犯人が、酔って、はねたことを口走ってしまったというのも、できすぎた話のように思えるのです」

と、十津川は、いった。

「しかし、桜田要という男が、浮かんできて、彼のジャガーが、修理に出されていたことも、わかったわけだろう？」

と、三上が、いった。

「そのとおりなんですが――」

「とにかく、桜田要を見つけて、事情聴取すれば、わかるんじゃないのかね」

と、三上は、いった。

「現在、桜田要の所在を、全力をあげて、調べています」

と、十津川は、答えた。

8

夕食の時、可奈子と、後藤は、芸者の千鶴にきてもらった。

三十代の、色白な芸者だった。

最初、後藤にすすめられ、ご機嫌で、秋保小唄を、手拍子で唄ってくれていたが、可奈子が、自分の名前を告げ、父のことでききたいことがあるというと、急に、居ずまいを正して、

「あのお客さんのことなら、よく覚えていますよ。優しい方で、過分に、ご祝儀をいただいたんです」

と、いった。

「父は、原口という人と、一緒だったんですね？」

可奈子は、確かめるように、きいた。

「ええ。ご一緒でした。あまり親しくは、見えませんでしたけど、とても、気を遣っていらっしゃいましたよ」

と、千鶴は、いう。

「二人が、どんなことを話していたか覚えていませんか？　どんなことでも、構わないんですけど」

「男の人のことを、いっていましたよ。合田さんは、連れの方に、その男の人に間違いなく会わせてくれるんでしょうねと、しきりに、念を押していらっしゃいましたわ」

「それに対して、原口さんは、どう答えていたんです？」

「向こうへいったら、必ず、会わせますと、いってました。合田さんに、たくさん、お金をもらってたみたいですよ」

と、千鶴は、いう。

「お金を？」

「そんな感じがしたんですけどね」

「会わせるという男の人の名前は、いっていましたか？」

と、可奈子は、きいた。

「確か、桜井とか、桜田とかいってましたわ。そう、桜田さん」

「父は、その桜田さんに、会いたがっていたんですね？」

「ええ。そう見えましたよ」

「どこで、会うことになっていたんですか？」

「どこだったかしら？　連れの男の人が、地名をいってたんですけどねえ」

「最上川の舟下りじゃありませんか？　それとも陸羽西線の古口駅？」

後藤が、助け舟を出すように、いった。

千鶴は、目を光らせて、

「ええ。最上川という言葉を、いってましたわ。舟下りということを、いっていたかどうかは、忘れましたけど」

と、いった。

「桜田というのが、どういう人なのか、父と、連れの人は、何かいっていませんでしたか？」

可奈子は、少しでも、父のことをしりたくて、必死に、きいた。

千鶴は、じっと考えていたが、

「何だか、よく旅行をしている人みたいですよ。そんなに、旅ばかりして、それで食べていけるんなら、楽でいいなって、思ったのを、覚えていますから」

「旅ばかりしている人？」

と、可奈子は、呟いた。それで、父は急に、社長をやめ、旅行を始めたのか。

「ほかに、何か覚えていることはない？」

と、後藤が、千鶴に、きいた。

「一つ、気になったことがあるんですよ」

と、千鶴が、いった。

「どんなこと？」

「連れの人が、合田さんに、こんなことを、いったんです。警察なんかにしらせちゃいけません。そんなことをしたら、相手は、姿を消してしまって、会えなくなりますよって」

「それに対して、父は、何と、いったんでしょう？」

と、可奈子が、きいた。

「よくわかっているって。それで、このお二人は、何かよくないことに関係しているんじゃないかって、一瞬、思ったりしたんですよ」

と、千鶴は、いった。

彼女が、父のことで覚えているのは、これくらいだった。

九時になると、千鶴は、ほかのお座敷があるといって、帰っていった。

後藤は、食事のあと、お茶を、可奈子に淹れてから、

「お父さんは、その桜田さんに会いに、最上川にいったんだと、思いますね」

「でも、会えなかったんだわ」

と、可奈子は、いった。

「なぜ、そう思うんです？」

「会えていたら、あんな、SOSみたいな俳句を作るはずがないと思うの」

「じゃあ、お父さんは、騙されたというわけですか？」

「ええ。そして、最上川に、落とされて、溺死したんです」

「去年あなたのお母さんが、亡くなったんでしたね？」

「ええ。車にはねられて、亡くなったんです。父は、それから、急に、会社をやめて、ひとりで旅行にいくようになったんですけど――」

と、可奈子は、いってから、急に、目を光らせて、

「父は、ずっと、母をはねた犯人を探していたのかもしれない」

「警察は、犯人を見つけられなかったんですか？」

「ええ」

「それなのに、よく、お父さんは、見つけられましたね」

「だから、殺されたのかもしれないわ」

と、可奈子は、いった。

「もし、あなたのいうことが当たっていたら、お父さんが会いたがっていた桜田という人が、お母さんをはねた犯人ということになりますね」

後藤は、いった。

「ええ」

「しかし、おかしいな」

と、後藤が首をかしげた。

「どこが？」

「桜田という男が、犯人だとしても、自動車事故というのは、たいてい、双方の不注意ということになって、そんなに大きな罪にはなりませんよ。過失致死だから。それなのに、お父さんまで殺してしまうでしょうか？　今度は、自動車事故ではなく、殺人になりますからね」

と、後藤は、いった。

「でも、社会的な地位のある人間だったら、人をはねて殺したというのは、致命傷になるから、必死になって、父を殺そうと考えるかもしれないわ」

と、可奈子は、いった。

「なるほど。そんなふうに考えることも、できますね」

「何とかして、桜田という人を見つけ出したい。それに、父を誘い出して、殺した犯人も」

「舟下りの時、二人の男が、お父さんと一緒にいたということでしたね」

「四十代と、三十代の男。きっと、その二人は、桜田に頼まれて、父を誘い出して、殺したんです。お金を、たくさんもらって」

可奈子は、口惜しそうにいった。

「若いほうは、タレントのN・Kに、顔が似ているといってましたね？」

「ええ」

「昨日、N・Kの写真を探して、持ってきました」

と、後藤はいい、ポケットから、週刊誌の切り抜きだというN・Kの写真を取り出して、可奈子に渡した。

個性の強い顔である。

可奈子は、どちらかといえば、好きなタレントだったのだが、今は、嫌いだった。絶対に嫌いだ。

「どうしたら、桜田という男を、見つけられるかしら？」

可奈子は、自信なげに、いった。その男のことを、何もしらないのだ。

「普通なら、警察に任せなさいと、いうところだけど、警察が、果たして、あなたの話を信じてくれるかどうか」

「たぶん、駄目だわ。警察は、いまだに、母をはねた車を見つけ出せないんだから。わかっているのは、シルバーメタリックの外車らしいということだけ」

「それで、いきましょう」

「え？」

「犯人は、たぶん、東京の人間ですよ」

「ええ」

「こっちは、犯人の名前もわかってるんです。東京の外車ディーラーで、桜田という客がいるかきいて回れば、わかるかもしれませんよ。この男が、新車で買ったのなら」

と、後藤は、いった。

可奈子も、顔を輝かせて、

「そうだわ。明日、東京に帰って、すぐ、調べてみます。だから、後藤さんは、会社へ帰って」

「東京で、誰か助けてくれる人が、いるんですか？」

「いえ」

「それなら僕も、東京へ一緒にいきますよ。乗りかかった舟だ」

と、後藤は、いった。

9

翌朝、早い朝食をすませると、Rホテルをチェックアウトして、二人は新幹線で、東京に向かった。

東京に着くと、まっすぐ、成城《せいじょう》にある可奈子のマンションに、タクシーを飛ばした。

父が、買ってくれたマンションだった。

3LDKの部屋に入ると、後藤は、目を見張って、

「すごい部屋ですね。僕の1LDKのマンションとは、ずいぶん違う」

「父が、私を甘やかした証拠みたいなもの」

と、可奈子は、笑って見せた。

彼女が、コーヒーを淹れ、それを飲んでから、二人は、受話器を取り、東京中の外車ディーラーに、かけまくった。

可奈子は、死んだ父の名前を使った。父の合田徹は、若い時から、ベンツ、ジャガー、BMWと、外車ばかり乗り継いで、外車のディーラーにとっては、いい客だったからである。

答えは、意外に早く見つかった。

新宿にある英国車の営業所で、桜田要という客が、シルバーメタリックのジャガーを購入したと、教えてくれた。

「合田様にも、ジャガーを購入していただきまして、ありがとうございます。よろしく、お伝え下さい」

と、支店長は、いった。

(父は、亡くなってるのに)

と、思いながら、可奈子は、礼をいって、電話を切った。

可奈子は、今、メモした桜田要という文字と、電話番号、それに住所を、蒼い顔で、見つめた。

(この男が、母をはね、父を溺死に見せかけて殺したのか)

そう考えると、体が、震えてくる。

「どうします？」

後藤も、蒼い顔で、可奈子に、きいた。

「この男に、会ってみたい」

「会って、どうするんです？」

「問いつめて、母をはねて殺し、父を殺したことを白状させてやりたい」

「危険ですよ。たぶん、お父さんも、同じことをしたいと思ったんじゃないですか？　ただ、相手の過失致死で、逮捕させたいのなら、警察に通報すればいいわけですからね。お父さんとしては、自分の目の前で、謝罪してもらいたかったんだと思います。それが、かえって、相手を兇暴にさせ、相手は、お父さんを事故に見せかけて、殺してしまった。あなただって、危いですよ」

と、後藤は、いった。

「危険なのはわかっているけど、父が希望していたことを、私の力で、実現させたいの。それからあとのことは、警察に任せるわ」

と、可奈子は、いった。

後藤は、しばらく考えていたが、

「賛成できないが、あなたが、どうしてもというのなら、反対はしませんよ。まず、どうしたいんです？」

「桜田要という人に、電話してみます。その応対で、どうするか決めたい」

と、可奈子は、いった。

「それなら、まず、僕が電話してみましょう。あなたより、冷静に、話せると思うから」

と、後藤は、受話器を取りあげた。

ディーラーが教えてくれた電話番号を、押した。

後藤は、緊張した顔で、相手の声を待った。

「もしもし。桜田ですが」

という女の声がきこえた。

「桜田要さんのお宅ですか？」

後藤が、確かめるように、きいた。

「はい」

「桜田さんは、いらっしゃいますか？」

「主人は、ただ今、取材旅行に出ておりますけど」

「どこへいかれたんでしょうか？」

「出版社の方ですか？」

「そうですが——」

「明後日には、帰って参りますけど、お急ぎでしたら、明日は、鬼怒川《きぬがわ》温泉に泊まりますので、そちらへ、連絡して下さいませんか？　Sという旅館で、電話番号は——」

と、相手は、いった。

後藤は、電話を切った。興奮しているのが、自分でもわかるという顔で、

「どうやら、桜田という男は、マスコミの仕事をしているみたいですね」

と、いった。

「明日は、鬼怒川温泉ですって？」

「そうです。S旅館に泊まり、明後日、東京に帰ってくるようです。どうしますか？　帰京するのを、待ちますか？　それとも、明日、鬼怒川温泉にいってみますか？」

後藤が、きく。

「明後日まで、待つのは嫌。鬼怒川温泉にいってみたいわ」

と、可奈子は、いった。

10

捜査本部は、戸惑っていた。

桜田要という人間を、調べていくにつれて、この男が、おそろしい犯罪に走るようには、見えなかったからである。

「しかし、どんな人間でも、車で人をはねて殺してしまうことはあるだろう?」

と、捜査会議で、三上本部長が、いった。

「そのとおりです。誰でも、いつ、自動車事故を起こすかわかりません」

十津川は、うなずいた。

「それに、その事故を、ひた隠しにすることもあるはずだよ」

「そのとおりです」

「じゃあ、どこが、おかしいんだ?」

「合田徹を、殺したことが、わからないのです。本部長のいわれるように、桜田が、車の運転を誤り、合田明江をはねて殺したこと、それを、隠そうとしたことは、事実かもしれません。しかし、さらにそれを隠そうとして、合田徹まで殺すというのが、わからないのです。彼は、そういう男ではないような気がするのです。事故で、人を殺すことはあっても、意識して、殺人を犯す人間ではないと思うのです。合田徹に会っても、事故を否定するか、偶然の事故と主張する。そういう人間です」

と、十津川は、いった。

「だが、現実に、合田徹は、最上川の舟下りで、川に落ちて、溺死しているんだ。もし、これが本当の事故死なら、今回の事件は、幻になってしまうぞ」

と、三上は、いった。

「それで、悩んでいるんです」

と、十津川は、いった。

三上は、苦虫を嚙み潰した顔で、

「悩んでいるだけじゃあ、どうにもならんじゃないか。一刻も早く、解決しないと、また、犠牲者が出るかもしれないぞ」

「そのとおりです。いろいろと、推理は、できるのですが」

と、十津川は、いった。

「その推理をきかせたまえ」

と、三上は、いった。

「前にも申しあげましたが、警察が、なかなか、ひき逃げ犯人を見つけられなかったのに、合田徹が私立探偵の中条を雇って、犯人を見つけ出した。それが、不思議で、仕方がないのです」

「それは、中条が、外車のセールスマンを雇うという手段を使い、その方法が成功して、桜田要という人間が、浮かびあがってきたわけじゃないのかね」

と、三上は、いった。

「世田谷署の池田刑事の話ですと――」

「合田明江が事故死した件を調べた、交通係の刑事だな」

「そうです。彼も、実は、桜田要のことを、調べたそうなんです。シルバーメタリックのジャガーの持ち主なので」

「それで？」

「犯人とは、考えられなかったので、容疑圏外に置いたというのです」

「捜査が、不充分だったんだろう」

「それで、池田刑事に、なぜ、桜田要を、犯人ではないと考えたか、その理由をきいてみました」

「彼は、どう答えたんだ？」

「内密に、桜田の車を調べたが、車体に、傷はなかったからだというのです。修理した形跡もなかったと」

「それこそ、捜査のミスだろう。桜田のジャガーの左フェンダーが凹んでいて、それを近くの修理工場で、修理したのは、わかっているんだから」

と、三上は、いった。

「そうなんですが、日時が、違っているんです」

十津川は、冷静な口調で、いった。

「どういうことなんだ？」

「われわれが、摑んだ修理の話は、去年の暮れ近くなんです。ところが、池田刑事が、桜田要の車を調べたのは、問題の事故のあった約一カ月後の七月十四日なのです」

と、十津川は、いった。

「それを、君は、どう解釈するのかね？」

三上が、いらいらした顔で、きいた。

「もう一つ、桜田は、車を修理に出したとき、駐車場に駐めておいたのを、誰かに、悪戯されたといっています」

「それで？」

「桜田の言葉を信じ、池田刑事の捜査が誤っていないとすると、次のような結論になります。桜田は、ひき逃げ犯人ではないという結論です」

「しかし、桜田要をひき逃げ犯と確認して、中条にしらせ、百万円の成功報酬を手に入れた外車セールスマンの平野の証言は、どうなるんだね？」

「その平野ですが、今、亀井と西本の二人が、彼のマンションにいき、問題の証言について、話をきいています」

と、十津川は、いった。

「証言が、嘘だと思うのか？」

「嘘の可能性があります」

と、十津川は、いった。
十五、六分して、亀井から、電話が入った。
「平野は、死にました」

と、亀井は、いきなり、いった。

「死んだ？」

「自宅マンションの七階屋上から転落死です。今朝、新聞配達員が、中庭に倒れて死んでいる平野を発見したといっています」

「自殺――ではないな」

「百万円の成功報酬を手に入れたのに、自殺は、おかしいですよ。間違いなく、殺されたんだと思います」

と、亀井は、いった。

「では、犯人は？」

と、十津川は、きいた。

「今、西本刑事と、手がかりを求めて、平野の部屋を、調べています。まだ、これといったものは、見つかりません」

と、亀井は、いった。

二時間ほどして、亀井が、西本と、帰ってきた。

「平野には、どうやら、自分が殺されるかもしれないという不安があったようです」

と、亀井が、十津川にいった。

「それらしいものが見つかったのか？」

「いえ。何も見つかりませんでした。がっかりして、帰ろうとした時、管理人がきまして、平野から預かっているものがあるというのです。自分が死ぬようなことがあったら、これを、警察に届けてくれといって、手紙を預かったというので、それを預かってきました」

と、亀井は、一通の封書を、十津川に渡した。

白い封筒の表には、ただ〈遺書〉とだけ書いてあり、裏には、平野の名前が書いてあった。

十津川は、中身を取り出した。右あがりの、ちょっと読みにくい字が、並んでいる。

〈私は、誰かに殺されるかもしれない。そんな予感がするのだが、誰が、犯人か、私にも、見当がつかない。

それで、ここに、私が巻きこまれた事件をありのままに、書いておきたい。

私は、英国車のディーラーに、セールスマンとして、働いている。

ある日、人を介して、中条という私立探偵に会った。彼が、私に話したことは、奇妙なアルバイトの話で、去年、駒沢公園近くで、人がひき殺された。その犯人を探している。犯人の車は、シルバーメタリックの外車だった。その外車を見つけてくれたら、百万円の成功報酬を払うというのだ。しかも、毎月十万から二十万の手当ても払うという。考えれば、外車のセールスをしながら、耳をそばだてて、事故を起こしたシルバーメタリックの外車の噂を摑めばいいことだった。

それで、私は、この話を承知した。しかし実際に、いくら耳をそばだてても、そんな噂は、きこえてこなかった。何カ月も、空しくすぎた時、突然、私に、匿名の電話が、かかってきた。

男の声で、君に、百万円を儲けさせてやると、いうのだ。問題のひき逃げ犯は、桜田要という男で、車は、シルバーメタリックのジャガーである。その車が、ひき逃げしたことは左フェンダーが凹んでいることでわかる。このことを、しらせれば、君は、百万円を手にすることができるというのだ。

私は、すぐには、信じることができなくて、それなら、君自身が、しらせて百万円を手にしたらいいだろうといってみた。その男は、自分は、理由《わけ》があって、名乗り出ることができない。君がいやなら、ほかの者に、この話をきかせるという。

私は、慌てて、イエスといい、すぐ、私立探偵の中条に、この桜田要という男のことをしらせた。

そのあと、中条が、どう桜田のことを調べたのかわからないが、彼は、私に、百万円の成功報酬をくれた。

そして、中条は、私に、これまでのことは、すべて忘れること、他人に話すと、殺されるかもしれないと、脅した。

私は、肝心のことは、何もしらないのだ。しらされてもいないし、匿名の電話の主が、どこの誰なのかもわからない。

それが、不安でならないのだ。

百万円を手にしたのは、幸運だったが、ひょっとして、底のしれぬ事件に、しらないうちに巻きこまれていたのではないだろうか？

万一、私が死んだら、それは、自殺や事故死ではなく、私は、殺されたのだ。警察にお願いしたい。犯人を見つけだして、私が巻きこまれた事件の真相を明らかにしてほしい〉

読み終えると、十津川は、その手紙を、亀井に渡した。

煙草に火をつけ、亀井が、目を通し終わってから、

「カメさんの意見をききたい」

と、いった。

「カギは、このなかの電話の男でしょう」

と、亀井は、いった。

「それで？」

「私立探偵に調査を依頼したのは、被害者の合田明江の夫、合田徹だと思います。頼まれた中条は、外車のセールスマンを集めて、加害車両と、犯人を探した。そして、匿名の電話です。その電話をかけたのは、桜田要のはずがありません。自分で自分を、告発するわけはありませんから」

「では、誰が、電話したと思うんだ？」

と、十津川は、きいた。

「桜田要という男が、ひき逃げ犯というのは、事件全体を見て、おかしいのではないかと思っています。合田徹まで殺してしまうのが、理屈に合いません。それを考えると、匿名の電話の主こそ、ひき逃げの真犯人ではないかと思いま

す」

と、亀井は、いった。

「なるほどね。その男は、たまたま、シルバーメタリックのジャガーの持ち主の桜田要をしっていて、彼を犯人に仕立てあげようとしたということか？」

「そうです」

「だが、なぜ、そんなことをしたのかな？」

「そのあと、合田徹が殺されています。そのことが、真相に近いんじゃないかと思います」

「合田徹を誘い出して殺すことがかね？」

「そう考えると、納得がいくのです。桜田は、旅するのが仕事です。当然合田は、彼を追って旅に出ます。合田を、どこか、旅先で殺せるわけです」

と、亀井は、いった。

11

可奈子と、後藤は、鬼怒川温泉にいた。

桜田の泊まったホテルに電話してみると、彼は、朝食をとったあと、鬼怒川の渓谷、龍王峡《りゅうおうきょう》を見にいったと教えられた。

小雨が降っていたが、二人は、傘を借りて、龍王峡に出かけた。

鬼怒川に沿って、遊歩道が、作られている。

いつもなら、観光客も多いのだろうが、今日は、ウィークデイで、雨も降っているので、人の姿はなく、川の流れの音だけが、大きく、きこえている。

「誰もいないわ」

と、可奈子がいうと、後藤は、

「この先に『虹見の滝』という名所があるそうですから、そっちへいってるのかもしれません」

と、いった。

二人は、遊歩道を歩いていく。

可奈子が、先に立っていると、突然、背後で「あっ」と、後藤が、悲鳴をあげた。

驚いて、振り向くと、後藤が倒れ、傘が、飛んでいる。

その代わりに、レインコート姿の男が二人、立って、可奈子を見ていた。ひとりの男が、スパナを握っている。それで、後藤を殴りつけたらしい。

悲鳴をあげようとした。が、声が出ない。代わりに、可奈子は、二人を睨んだ。

三十歳くらいの背の高い男と、中肉中背で、四十歳くらいの男だった。

可奈子は、最上川の舟番所できいた男たちのことを、思い出していた。

「馬鹿な女だ」

と、若いほうが、スパナを持った手を、ぶらぶらさせながらいった。

「何をするの？」

可奈子は、やっと、声が出た。

「二人とも、ここで死ぬんだ。鬼怒川の渓流に落ちて死ぬ。心中に見えるかもしれないな」

と、もうひとりの男が、いった。

「桜田要の命令なの？」

と、可奈子がいうと、二人の男は、急に、笑い出した。

「そんな男のこと、まだ信じているのか？」

年上の男が、馬鹿にしたように、いった。

「――」

可奈子は、必死に頭を働かせた。どういうことなのだろう？

なぜ、この男たちは、父を殺し、今度は、私まで殺そうとしているのか？

ふいに、ある言葉が、頭に浮かんだ。外車のディーラーにきいて回ったとき、英国車のディーラーの営業所長がいった言葉だ。

「合田様に、よろしくお伝え下さい」

と、いったのだ。

可奈子は、てっきり、父によろしくといったと思ったのだが、今になって考えれば、おかしいのだ。父が、すでに死んでいるからではない。父は、最近もっぱら、ベンツを愛用していたからだ。英国車のディーラーの営業所長が、よろしくお伝え下さいというのは、おかしいのだ。

だから「合田様」といったのは、父のことではない。あと、合田といえば、今、合田精器の社長をやっている叔父の合田琢しかいない。あの叔父は、確か、シルバーメタリックのジャガーに乗っていた！

「そうだったの」

と、可奈子は、蒼白い顔でいった。

「本当の犯人は、叔父さまなのね？　そうなんでしょう！」

可奈子が、声を張りあげると、二人の男たちの背後から、ゆっくりと人影が近づいてきて、レインコートのフードをあげて、可奈子を見た。

「私だよ」

「やっぱり叔父さまね」

「そうだ」

「なぜ、こんなことをしたの？」

「きいてどうするんだ？」

「本当のことをしれば、あの世へいって、父や母に教えてあげられるわ」

「最後の親孝行というわけか」

と、叔父は、笑ってから、

「ある理由があって、私は、義姉の明江さんを殺さなければならなくなった。それで、自転車に乗った明江さんを、車ではねて殺した。兄貴は、世をはかなんで、私に、社長を譲って、引退した。うまい具合だと思っていたら、兄貴は、世をはかなんだというのは嘘で、自由な時間を持つと、金をばらまいて、必死に、ひき逃げ犯を、探し始めたんだ。私は困ったことになったと思った。私が犯人とわかれば、ただの事故とは思われない。刑務所にほうりこまれ、社長の椅子も失う。だから、私は、桜田要という男を犯人にして、兄貴を、最上川に誘い出し、この二人に、殺してもらったんだ。そうしたら、今度は、君だ。君と、そこに倒れている馬鹿な青年だ。君たちまで、殺さなければならなくなった」

「この人は、関係ないわ」

「駄目だな。たぶん、君に惚れて、いいところを見せようとしたんだろうが、そういう助平心が、命取りということだ」

叔父は、冷たくいい、二人の男に、

「始末してくれ。金は払う」

と、いった。

二人の男が、ゆっくり、近づいてくる。可奈子は後ずさりした。足が滑り、転倒した。

二人の男が、ゆっくりと、クローズアップになってくる。

思わず目を閉じた時、雨雲のなかに、拳銃の音が、走った。

続いて、もう一発。

二人の男は、ぎょっとして、立ちすくむ。

「動くな！　動くと、容赦なく、射殺するぞ！」

と、威嚇するような男の声がきこえた。

可奈子が、目を開けた。その瞳のなかに、小走りに近づいてくる五、六人の人影が見えた。

12

後藤は、すぐ救急車で、鬼怒川の病院に運ばれ、可奈子は、パトカーで、宇都《うつの》宮《みや》警察署へ運ばれた。

若い刑事が、コーヒーを淹れてくれた。

そのあと、四十代の刑事が「警視庁捜査一課の十津川警部です」と、挨拶した。

もうひとりは、亀井という刑事だと、いう。

「後藤さんは、明日にも、退院できるそうです。後頭部を殴られたので、心配しましたが、骨には異常がないそうです」

と、十津川が、いった。

「なぜ、助けにきて下さったんですか？」

可奈子が、きくと、十津川は、頭に手をやって、

「正直にいって、あなた方を助けに、あの現場にいったのではないのです。東京で、中条という私立探偵が、殺される事件が起きて、その捜査をしていたのです。彼は、あなたのお父さんから、例のひき逃げの車と、犯人を見つけてくれと頼まれていたんです。中条は、外車のセールスマン十五、六人を使って、探させていて、桜田要というジャガーのオーナーを見つけ出したわけです」

「その人は、何の関係もないんです」

と、可奈子はいった。

「われわれも、おかしいと思いました。ひき逃げは確かに犯罪だが、過失致死ということで、大きな罰はない。それなのに、ひき逃げを隠すために、殺人まで犯すだろうか、とね。そのうちに、桜田要という名前を、中条にしらせた、外車のセールスマンまで、自殺に見せかけて、殺されてしまいました。とにかく、桜田という男に会って、話をきかなければならないと思いましてね。奥さんにきいたら、鬼怒川温泉にいるという。ここにきたら、今度は、龍王峡に出かけたという。そこで、いってみたら、あなた方が、殺されかけていたということです。つ

まり、怪我の功名というわけなのです」

十津川は、照れ臭そうに、いった。

「叔父は、なぜ、両親を殺したんでしょう？　それをしりたいんです」

と、可奈子は、いった。

「これから、連中の尋問をしますから、わかると思います」

と、十津川は、いった。

13

合田琢と、二人の男とは、わけて尋問することになった。

まず、十津川と亀井が、取調室で、合田琢を、尋問した。

合田琢は、煙草をくれといい、十津川が渡すと、うまそうに一服してから、

「妙なものですね」

と、いった。

「何がだ？」

と、十津川が、きくと、

「義姉を殺したら、思いがけなく、合田精器の社長の椅子が、転がりこんできた。こんなうまい話はないと喜んでいたのが、こんなことになるんですからね。その社長の椅子を、失いたくなくて、殺人に走った。おかしなものです」

合田琢は、小さく、笑った。

「問題は、なぜ、義姉の明江さんを、車ではねて、殺したかだ。偶然、そうなったわけじゃないんだろう？」

「当たり前でしょう。私は、十五年間、無事故、無違反なんだ。誤って、人をはねたりはしない」

と、合田琢は、いった。

亀井が、苦笑して、

「そんな自慢はするな。早く、はねて殺した理由を話せ」

と、叱りつけた。

「私は、合田精器の副社長をやっていた。ナンバー・2でも、一応満足していた。二年前、女ができた」

「浮気か？」

「そのつもりだったが、少し深入りしてしまった。その上、その女の亭主が、S

組の幹部だった」

「強請られたのか?」

「莫大な金を要求されたよ。払わなければ、兄の社長に話すというんだ。私の妻にもだ」

「それで、払ったのか?」

「副社長の地位を利用して、会社の金を横領した。ところが、義姉の明江が、私が、その女と一緒にいるところを目撃したんだ。それだけでなく、明江は、お節介にも、その女のことを調べ始めたんだ。私は、当惑した。へたをすれば、会社の金を横領して、S組の幹部に渡したことが、ばれてしまう」

「それで、自動車事故に見せかけて、殺したのか?」

と、十津川が、きいた。

「仕方がなかったんだ。明江の口を封じないと、身の破滅だ。そう思って、自転車に乗った明江を、車ではね飛ばした」

「それから?」

と、十津川は、先を促した。

「今もいったように、兄貴は、私に会社を預けて、引退するといい出した。私は、躍りあがったよ。社長になれば、会社の金を横領したことも、何とか、誤魔化せると思ったからだ」

「ところが、兄の合田徹さんが、ひき逃げ犯人を探し始めたんだな？」

と、十津川が、いった。

「兄の個人資産は、二十億もある。それを使って、調べていったら、私が、犯人とわかってしまうのではないか。私は、おそろしくなった」

「それで、桜田要か？」

「私は、新宿の営業所で、ジャガーを購入した。同じ営業所で、同じジャガーを買った人間として、桜田要の名前をしっていた。それに、彼は、旅のエッセイストで、いつも旅行している。それも、都合がいいと思ったのだ。それで、彼をひき逃げ犯として、彼のジャガーの左フェンダーを凹ませておいたんだ」

と、合田琢は、いった。

「兄の合田徹さんを、桜田に会わせるといって、最上川の舟番所に呼び出し、殺したんだな？」

「そうだ」

「あの二人だが、どこかで見た顔だと思っていたんだが、S組の組員じゃないのか？」

と、亀井が、合田琢を睨んだ。

合田琢は、首をすくめて、

「毒くらわば、皿までというやつだよ。S組に、また金をやって、殺しのできる人間を、二人、紹介してもらったんだ」

と、いった。

「私立探偵の中条や、外車セールスマンの平野まで殺したのは、なぜなんだ？」

と、十津川は、きいた。

「平野には、私が、電話で、桜田要の名前を教えた。それに不審を持たれては困るので、口を封じただけだ」

「中条のほうは？」

「あいつは、小ずるい奴だ。兄貴を殺したあとで、突然私を訪ねてきて、こういうんだ。どうも、今度の事件は、おかしい。合田夫妻が死んで、一番得するのは誰か考えてみた。そうすると、合田精器の社長になったあんたなんだと」

「それだけで、殺したのか？」

「あいつは、こうもいった。これから、全力をあげてあなたのことを調べるつもりだとね」

「金で、買収しようとは、思わなかったのか？」

と、亀井が、きいた。

合田琢は、苦笑いして、

「あいつは、際限なく、金をほしがる男だよ。金をいくら払っても味をしめて何回でも、ほしがるんだ」

と、いった。

＊

可奈子は、十津川から、説明をきいた。

可奈子は、腹だたしげに、

「母はそんなことで、叔父に殺されたんですか？」

と、いった。

「若いあなたは、そんなことというが、犯人の合田琢にとっては、自分の一生を左右することに、思えたんだと、思いますよ」

と、十津川は、いった。

「桜田要さんは、本当に、何の関係もなかったんでしょうか?」

「今朝、ホテルをチェックアウトするところを、会ってきました。今度の事件のおかしなところで、桜田要は、何もしらなかったんです。自分の周囲で、殺人事件が、起きていることもです。でも、それが、彼にとっては、幸運でしたよ。気づいて、桜田が、いろいろ首を突っこんでいたら、彼も、殺されていたかも、しれませんからね」

と、十津川は、いった。

可奈子は、その足で、退院する後藤を、病院に迎えにいった。

後藤は、まだ、頭に包帯を巻いていたが、元気だった。

二人は、一緒に、JR宇都宮駅までいった。

ここから、後藤は、東北新幹線の古川経由で古口に帰り、可奈子は、東京に帰る。

可奈子は、下りのホームで、後藤を送ることにした。

「落ち着いたら、もう一度、最上川の舟下りをしてみたいんです。その時は、また、案内してくれます?」

と、可奈子は、いった。

「秋の紅葉は、美しいですよ」

「それより前に、いきたいんです」

可奈子が、いうと、後藤は、微笑んで、

「僕は、早ければ、早いほど、歓迎ですよ」

と、いった。

日高川殺人事件

1

「明日から三日間休ませていただきます」

と、坂田匡《さかたただす》が、課長にいった。

「ああ、いいですよ。休暇願は、出してありますね？」

「はい。一週間前に、出しておきました」

「それなら結構。ゆっくり休んで下さい」

課長の言葉は、どこか、投げ遣りだった。

坂田匡は、来年の三月で、定年退職になる男である。もともと、生真面目だけが取り柄で、仕事のできる人間だといわれたことはなかった。

高校を卒業して、東京の三鷹《みたか》にある有田《ありた》工業に入社。有田工業は、精密機械のメーカーとして有名だが、坂田匡はここに事務職員として就職した。

以後今日まで、坂田匡は、事務の仕事一筋ですごしてきた。管理課で、給料の計算、福利厚生関係の海の家の管理、共済資金の貸出しといった仕事である。

誠実を絵に描いたような人生だった。出世もしなかったが、馘にもならずにやってきた。その間に、坂田匡は結婚し、ひとり娘が生まれた。

遅い結婚だった。三十六歳のとき見合いで結婚し、三十八歳で子供ができた。妻の章子《あきこ》は生まれつき病弱で、娘が十二歳の時、亡くなった。

その分、坂田は、娘のはるかを溺愛《できあい》した。はるかはまた、父親が溺愛するだけの美しさと、才能を持ち合わせていた。

同僚は、鳶が鷹を生んだと、やっかみ半分にいったが、坂田本人が、誰よりも、それを感じていたのかもしれない。

坂田はるかは、K大を卒業すると、フランスに留学した。

帰国後、R商事に入社、国際第一課に配属された。

彼女の前途は、誰の目にも輝いてみえた。

二十四歳。美しく、英仏二カ国語を自在に話し、書ける女性。ある週刊誌が「新しい社会人――期待される日本の若い女性像」のひとりとして、彼女を取りあげたりもした。

入社一年目に、坂田はるかは、三鷹市内の自宅から、都心のマンションに移り住んだ。坂田匡は寂しかったが、娘のためと思い承知した。娘のためなら、何でも許す気でいたのである。

その、坂田はるかが、去年の三月二十日、突然、亡くなった。

彼女の勤め先のR商事から、彼女が無断欠勤をしているという電話をもらい、坂田匡は、四谷《よつや》三丁目にあるマンションにいき、1LDKの部屋で、首を絞められて殺されているはるかを発見したのだ。

警察は、坂田はるかの異性関係を調べたが、犯人は、とうとう、特定できなかった。

坂田匡は、ふぬけのようになり、それまで、有給休暇さえほとんど取らなかったのが、無断で一週間、休んでしまった。

上司の課長は、失意のあまり、自殺したのではないかと心配し、部下を、三鷹の家に、調べにやったくらいである。

その後、坂田匡の生活態度が、急に、変わった。これといった趣味のなかったのが、釣りをはじめたのである。

釣りの本を買いあさり、貯金をおろして道具を揃え、三鷹にある釣りのグループに入った。

特に、鮎釣りが気に入ったらしく、日本全国の河川で、鮎釣りの大会があると、休みを取って、出かけていくようになった。

八月の二十日から二十二日の三日間、休暇を取ったのも、同じ理由からだった。

2

毎年八月二十一日に、H新聞が主催する鮎の友釣りの名人戦が、おこなわれる。

釣り、特に鮎釣りの好きな人たちの間では、もっとも、重みのある大会だった。

鮎の友釣りは、鮎の特性を利用した、もっとも優雅で、もっともテクニックを必要とし、もっとも楽しい釣りだといわれている。

それだけに、鮎のシーズンになると、日本全国で、鮎の友釣りの大会がおこなわれる。

そのなかで、八月二十一日のH新聞杯名人戦が、重く見られる理由は、いくつかあった。

今年で、すでに、二十八回目と歴史的に古いこともあるが、何よりも、難しいコンテストということがある。

例えば、狩野川《かのがわ》鮎友釣り大会といえば、そこで、何人かの釣り人が、釣果《ちょうか》を競い、その日のうちに優勝者が決まる。

しかし、名人戦は違う。七月から、日本各地で、まず、予選のための大会が開かれ、それに優勝した釣り人が、今度は、下呂《げろ》温泉に集まり、飛騨川《ひだがわ》で、六時間にわたって戦い、第一人者が決まる。この第一人者が、名人戦の挑戦者になり、さらに、去年の名人と、名人位を争うのである。

日本中から選ばれた真の日本一ということで、人気がある。

八月二十一日の名人戦は、和歌山《わかやま》県の日高川《ひだかがわ》、それも、山奥の龍神《りゅうじん》温泉近くを流れる日高川の上流で、おこなわれる。

二十七回の名人戦は、ほかの川でおこなわれたこともあるが、多くは、この龍神の日高川だった。その理由の一つは、龍神の周辺は、自然が、まだ保たれていて、川が荒らされていないということが、あげられる。

大都会の近くで、名前の通った川でも、荒らされていて、二時間の競技で、やっと、二、三匹しか釣れないのでは、楽しくないし、見ていても面白くないのだ。

龍神では、去年の名人戦でも、一回二時間、それが三回の競技で、一回平均、三十四の釣果が記録されている。

坂田匡は、前日の二十日、愛用の道具を持って、家を出た。

龍神温泉へいくには、普通、南紀白浜《なんきしらはま》空港から車を使う。

坂田匡も、羽田《はねだ》から、午前八時五五分発、南紀白浜行のJAS381便に乗った。向こうの空港が新しくなり、ジェット機が就航するようになって、ずいぶん楽になった。

羽田で、坂田匡は、去年、龍神で知り合った、米村《よねむら》と一緒になった。

米村は、タクシー会社の社長で、鮎の友釣りにのめりこんで、すでに、二十年近いというベテランだった。

それでも、坂田匡と、すぐ親しくなったのは、仲間意識からだろう。米村は、交際範囲が広く、坂田匡は、彼から何人もの仲間を紹介してもらった。

去年の名人戦には、百人を超す愛好家が、見物にやってきた。

たぶん、今年も、同じくらいの愛好家が、全国から集まってくるだろう。

ウィークデイで、機内が空《す》いているので、二人は並んだ席に変えてもらった。

話は、自然に、今年の名人戦のことになる。今の名人は、福田真也《ふくだしんや》という人で、二期名人位についている。四十四歳の男盛りで、関西のクラブに属している。それに対して、今年の挑戦者、土井寿美《どいとしみ》も、四十三歳。地元、龍神地区の人である。

二期名人位の福田真也が強いか、それとも、挑戦者が、地元の利を活かすかという話になった。その話が続いたあと、米村は、急に、

「坂田さんは、釣りを始めたきっかけは、何だったんですか?」

と、きいた。

「きっかけですか?」

「私はね、三十代まで、仕事だけでした。とにかく、会社を大きくしよう。タクシー会社として、所有台数を増やそうと、そればかり考えて、がむしゃらに、働いてきました。それが、突然、病気で倒れましてね。それも、生死の境をさ迷ったんです。何とか助かりましたが、今までの生き方がいやになって、釣りを始めたんです。おかげで、仕事以外の知り合いもできたし、視野が広くなりました」

「私も、同じようなものです。私は、ただのサラリーマンですが、ずっと、何の趣味もなかったんです。いつの間にか、二年後に定年退職ということになって、愕然としたわけです。会社をやめたら、何を楽しみにして、毎日を送ったらいい

のか。退屈で死んでしまうのではないか。それで慌てて、何か趣味を持ちたい。そう考えて、子供の時に、やったことのある釣りを始めたんです」

「それだけですか？」

「え？」

「何か、私は、坂田さんの場合、それだけじゃないような気がしているんですが」

と、米村は、いった。

「無趣味で、何もできなかったんです。本当ですよ」

「わかりました。変に勘ぐって、申しわけない」

と、米村は、いった。

そのあとは、また、今、どこの川がよく釣れているか、という話になった。

午前十時すぎに、南紀白浜空港に着いた。台風十八号が、心配されるが、大会中は、天気は持ちそうである。

二人は、一緒のタクシーに乗り、龍神温泉に向かった。今はどこでも、道路はよくなっている。龍神温泉へいく道路は、国道でなく県道だが、それでも快適だった。

途中から、国道424号に入り、日高川が見えてくる。

釣りを始めるまで、坂田匡は、龍神温泉をしらなかった。去年、名人戦を見にいって、初めて、その名前をしったのである。

日本三美人の湯の一つだといわれることも、備長炭《びんちょうたん》で有名なこともしった。

龍神は、村で、旅館は多くないが、多くの家が民宿をやっている。

龍神の村役場が見えた。半円形の立派な建物である。その役場の前にも、明日の名人戦の旗が立っていた。

坂田匡と、米村は、たまたま、同じ旅館を予約していた。〈上御殿《かみごてん》〉という名前で、江戸時代、紀州《きしゅう》藩主の御宿になり〈上御殿〉の屋号を賜《たまわ》ったのが自慢の旅館だった。

入ってすぐ、二人は米村の部屋で、昼食を頼んだ。梅干を使った梅うどんを作ってもらい、それで軽い昼食をすませると、二人はさっそく、目の前の日高川に釣りに出かけた。

龍神漁業組合で、おとりの養殖鮎をわけてもらい、それを携えて、河原におりていく。

すでに、七、八人の釣り人が、竿を握っていた。

そのなかのひとりが、二人を見て「やあ」と手をあげた。

去年、ここ龍神で、米村に紹介された加東《かとう》という東京の釣り人だった。まだ、三十歳と若いが、それでも、五年の釣歴があるという。

「どうですか？」

と、米村がきく。

「今年は、アカのつきが悪いですよ」

と、加東が答える。

鮎は、水底の石についたアカを食べる。アカのつきが悪ければ、当然釣果は少なくなる。

坂田匡は、河原に腰をおろして、竿の仕かけを作り始めた。初心者の坂田匡は、十万円くらいの竿だが、米村は、六十万もする最高級品を使っている。

おとりの鮎の鼻に、ハナカンを通す。昔は、これが難しかったのだが、今は、ワンタッチで取りつけられるようになり、初心者の坂田匡には大助かりである。

同じ釣り糸に、針をつける。おとりの鮎をうまく泳がせ、縄張りを荒らされると思った野鮎が、体当たりしてくるのを、針に引っかけて釣るのが友釣りである。

十メートルほどの竿を握って、おとりの鮎を泳がせる。

加東がいったように、今日は、なかなか、手応えがない。

周囲を見回すと、釣りあげている人は、ほとんどいない。初心者の坂田匡には、とても、釣れる状態ではなかった。

坂田匡は、一時間もすると、諦めて川からあがり、河原に腰をおろした。

頭上に、吊り橋が、かかっている。今年の名人戦は、この長い吊り橋の近くで、おこなわれるはずだった。

ポケットから、煙草を取り出した。煙草も、娘のはるかが亡くなってから、吸うようになった。本当は、酒が飲みたかった。酒をあおって、娘のことを忘れたかったのだが、幸か不幸か、体が受けつけなかったのだ。

煙草に火をつける。

娘の部屋にも、煙草の吸殻があった。死体の傍に、灰皿があり、吸殻が何本かあった。口紅のついたのは、はるかが吸ったのだろうが、ほかの何本かは犯人のものではないのか。

坂田匡は、期待したのだが、吸殻から犯人は、とうとう、割り出せなかった。

今、坂田匡は、それと同じラークを吸っている。それを吸っていれば、犯人に会えるのではないかという、はかない望みを持って。

米村が、あがってきた。坂田匡の傍に腰をおろすと、

「いけません」

と、溜息をついた。

二人は、旅館に引きあげ、川面が見える温泉に入った。

暗くなって、釣り人がいなくなると、大会の役員が、明日の準備を始める。

吊り橋の上流、下流へ、それぞれ百メートルの地点に、H新聞の旗を立てる。

その間の二百メートルが、明日の名人戦の戦場、というわけである。

川のこちら側に、本部席が作られ、反対側に、見物人のための桟敷が、設置される。

坂田匡は、部屋の窓から、その作業を見ていた。

見物人も、次々にやってくる。龍神温泉に泊まる人もいれば、南紀白浜に泊まり、当日の朝、車でやってくる人もいる。

吊り橋の近くの民宿〈日高川〉が本部になり、役員や、名人、挑戦者が泊まっているという話が、きこえてくる。

3

八月二十一日は、朝から快晴で暑かった。

名人戦は、午前七時四十五分から、午後三時十五分までの長い戦いが開始された。

一ラウンドが、約二時間、それを三ラウンド。二ラウンド勝てば勝利。ドローなら、名人位は、移動しない。

まず、八匹のおとり鮎のなかから、二匹ずつ選び、ジャンケンで、吊り橋の上流、下流を選んで、競技が始まる。

見物客は、今年も、百人を超えていた。吊り橋や、川岸に陣取って、名人と挑戦者が釣りあげる度に、拍手と歓声をあげる。

第一ラウンドは、十九匹対十六匹で、福田名人の勝ち、第二ラウンドは、上流、下流の場所を交替して争い、今度は、二十三匹対十八匹で、挑戦者の土井寿美が、勝った。

一勝一敗で、第三ラウンドに入った。この第三ラウンドは、午後一時十六分から始まったのだが、始まってすぐ、名人の福田が、木に仕かけを絡めてしまった。そのため二十分のロス。それが最後までひびいた。二十八匹対二十三匹で、挑戦者の土井寿美が勝った。

地元の土井寿美が、新名人になったというので、夜は賑やかな宴会になった。

H新聞が、新名人の写真を撮り、談話を載せることになるだろう。

翌日、旅館〈上御殿〉で、早い朝食をすませたあと、米村は、坂田匡を探した。

南紀白浜一〇時五五分の飛行機で、一緒に、東京に帰ることになっていたからである。

だが、坂田匡の姿が見つからない。旅館の人にきくと、八時に、朝食を持っていったが、いなかったという。

「お布団にも、寝たようすが、なかったんですよ」

「昨日のうちに、急用ができて、帰ったということは、ないのかな？」

「何もきいていませんし、釣りの道具は、お部屋に置いたままですけど」

と、旅館の人は、いう。

米村は、心配になってきた。

去年知り合ったばかりの男だが、米村は、何となく、坂田匡という人物が、気になっていた。誠実を絵に描いたような男だと思う。

（生きていくのがへたという奴だ）

自分とは、正反対に見えるから、気になるのかもしれない。

米村は、呼んでいたタクシーをキャンセルして、吊り橋のところまでいってみた。

もう、朝早くから、釣り人が出ているが、そのなかに、坂田匡の姿はなかった。

旅館に戻ると、米村は、旅館の主人に、

「心配だから、警察に、連絡してくれませんか」

と、いった。

「しかし――」

「心配なんですよ。坂田さんというのは、真面目で、一緒に帰るといったら、約束を守る人なんだ。それが、いないというのは、何かあったに違いありません」

米村は、大きな声を出した。

その見幕に驚いたのか、旅館の主人は、駐在の巡査を呼んできた。

大野という巡査で、地元の生まれ、八年近く、ここの駐在に勤めているという。

米村は、坂田匡の顔立ちを説明し、

「気になるので、探して下さい」

と、大野巡査に、いった。

「坂田さんのいきそうな場所は、わかりませんか？」

「そういわれてもねえ」

「歴史が好きな人なら、勤皇の志士が幽閉された天誅倉《てんちゅうぐら》とか、滝が好きなら、曼陀羅《まんだら》の滝とか、ありますが」

「何が好きかしらないんだよ。とにかく探してくれ」

と、米村は、いった。

旅館の人も、一緒になって、探してくれることになった。

消防の人間も、日高川沿いを、探すことになった。

二時間ほどして、天誅倉の裏の林のなかで、大野巡査が、死体で横たわっている坂田匡を、発見した。

4

腹を、刺されていた。

白いTシャツは、血で染まっているが、大野巡査が発見したときは、もう、血は乾いていた。

草が踏み荒らされているから、かなり争ったのだろう。

静かな村で起きた、殺人事件である。村中が大騒ぎになり、田辺《たなべ》警察署から、パトカーや、鑑識の車がやってきた。

田辺署の刑事課の木村警部は釣り好きで、龍神にも鮎釣りに、何回かきたことがあった。

昨日も、名人戦で、地元の土井寿美が勝ったときいて、ひそかに祝杯をあげていたのである。そんな時に、龍神で、殺人《ころし》としらされて、眉をひそめたのだが、殺された男が、名人戦を見にきた釣り人のひとりときいて、ますます、暗い気分になった。

「別に、俺は、釣り人が全部、善人だという気はないがねえ」

と、木村警部は、部下の吉田刑事に、いった。

「犯人が、釣り人とは、限りませんよ」

「しかし、ジャンパーのポケットの現金は、盗まれていない。物盗りの犯行でもないんだ」

と、木村警部は、いった。

木村警部は、坂田匡の泊まった旅館〈上御殿〉に回り、そこで、一緒に東京からきた米村に、会った。

「まだ、一年のつき合いですが、坂田さんは、真面目ないい人ですよ。人に恨まれるなんて、考えられません」

と、米村は、いった。

「しかし、わずか一年のつき合いで、人柄までわかりますかねえ」

木村警部がいうと、米村は、きっとした顔になって、

「私はね、タクシーの運転手から叩きあげて、タクシー会社を経営するまでになった男です。人間を見る目は、人一倍あるつもりですよ」

「しかし、誰かに恨まれたからこそ、殺されたんでしょう」

と、木村警部は、負けずに、いった。

木村警部は、昨日の名人戦を見物にきた人間のなかに、犯人がいると、思っていた。この龍神の人間は、客を大切にする。大事な客を殺すはずがないのだ。宿帳によれば、被害者坂田匡は、六十四歳。東京の三鷹が、住所になっている。

木村警部が、家族に連絡しようと、宿帳に書かれている電話番号にかけていると、米村が、

「坂田さんは、家族がいなくて、天涯孤独だと、いっていましたよ」

と、横から、いった。

これでは、東京の警視庁に連絡して、被害者について、調べてもらうより仕方がない。

木村警部は、署長に電話して、その旨を頼んでから、米村に、

「去年も、ここに、名人戦を見にきたと、いってましたね？」

「ええ。私は、ここ四年、ずっときています。名人戦が、ここでなく、滋賀県《しが》の安曇川《あどがわ》でおこなわれたときも、見にいっています」

「殺された坂田さんとは？」

「去年、初めて、ここで会ったんです」

「つまり、去年、今年と、龍神へきた?」

「ええ」

「坂田さんのほかに、ここで一緒になって、仲よくなった人もいるでしょう?」

「ええ、何人かいますよ」

「その人たちの名前を教えてくれませんか」

と、木村警部は、いった。

米村は、ポケットから、アドレス帳を取り出して、

「釣り仲間は、私にとって、大切な宝なんですよ」

「これ、全部、釣り仲間ですか」

木村警部は、感心しながら、そこに並んでいる名前と、住所、電話番号を、自分の手帳に書き写していった。

「この人たちは、坂田さんの友だちでもあるんですか?」

書き終わってから、木村警部が、きいた。

「いや、全部が、坂田さんをしってるわけじゃありません。しかし、坂田さんは、ぜひ、皆さんと友だちになりたいといって、それを写していきましたがね」

「坂田さんについて、あなたがしっていることを、話して下さい」

「サラリーマンで、来年、定年だといっていましたね。退職してからのことを思って、去年から、釣りを始めたといっていました。さっきもいったように、家族はいないともいっていた。それだけに、よけいに、友だちを作りたいと思っていたのかもしれません」

「お金のことで、困っているとか、他人《ひと》に貸しているとかいっていませんでしたか？」

「何もいっていません。そういうことは、きちんとしていたと思いますよ」

と、米村は、いった。

5

坂田匡が、龍神で殺されたときいたとき、警視庁捜査一課の十津川は、

（あの男だ）

と、思った。

去年の三月二十日、月日も、はっきり覚えている。四谷三丁目のマンションで、二十五歳の若いＯＬが、殺された。名前は、坂田はるか。

十津川が、その事件を担当し、いまだに、犯人は見つかっていない。あの時、父親の坂田匡が、どんなに、怒り、悲しんでいたか。その坂田匡が、一年たった今、遠い和歌山の龍神で、殺されたという。

十津川のほうから、田辺警察署に電話をかけ、詳しい事情をきいた。

説明してくれたのは、木村という警部である。

「八月二十一日に、鮎の友釣りの名人戦が、龍神の日高川でありましてね。被害者は、それを見物にきていて、殺されたんです。見物人同士の喧嘩が、原因だと思いますがね」

と、木村警部は、いった。

「見物人同士で、喧嘩することがあるんですか？」

「名人と挑戦者が、釣果を競うんですが、それぞれに、ファンがついているんです。今年は、まれに見る接戦でしたから、ファン同士の熱気もあがっていました。それで、つい喧嘩になるということも、あったと思うんですよ」

「私は、坂田という人をよくしっているんです」

「お知り合いですか？」

「いや、彼の娘さんが殺されましてね。その事件を担当して、彼にも何回か会ったんです。その時の印象では、釣りのことで、喧嘩するようには、思えないんですがねえ」

と、十津川は、いった。

「私も、釣りをやります」

「はあ」

「釣り人だって、喧嘩をしますよ」

と、木村警部は、いった。

「容疑者は、あがっているんですか？」

「何しろ、犯人は、他所《よそ》からきた人間だと思われますのでねえ。それで、被害者の、東京での交友関係なんかを、調べてほしいのですがね」

「そちらで、お会いして、話します」

と、十津川は、いった。

翌二十三日、十津川は、亀井刑事を連れて、龍神に向かった。

南紀白浜への飛行機のなかで、亀井は、

「坂田という男は、可哀相ですねえ。去年、ひとり娘を亡くして、今年は、自分が殺されてしまうなんて――」

「釣りを始めたときいた時は、気休めになるだろうと、ほっとしていたんだがねえ」

「その釣りを見にいって、殺されるというのは、よけい、可哀相ですよ」

と、亀井は、いい、つけ加えて、

「それを考えると、犯人に対して、なおさら、腹が立ちますね。何としてでも、犯人を捕まえてやりたいと思います」

「そうだな」

と、十津川も、うなずいた。

南紀白浜空港には、木村警部が、迎えにきていて、県警のパトカーで、すぐ、龍神に向かった。

車のなかで、十津川は、二十一日の名人戦を主催した二十二日付のH新聞を、見せてもらった。

スポーツ新聞だから、一面は、九月七日に始まる大相撲秋場所の記事だが、裏の一面には、

〈名人が初めて地元に

土井選手逆転V〉

と、大きく出ていた。

「今日の新聞に、今度は殺人事件の記事ですよ」

と、木村警部は、いった。

「歴史のある大会らしいですね」

と、十津川が、きく。

「そうです。鮎の友釣りでは、一番大きな大会でしょう」

「だから、たくさんのギャラリーが集まってくる」

「そうです。毎年、百人はやってきます。日本全国から。だから、大変です。容疑者が、日本全国に、いるんだから」

と、木村警部は、いった。

龍神に着くと、十津川と、亀井は、名人戦のあった日高川を見、それから、現場の天誅倉に、足を運んだ。

藁葺《わらぶ》き屋根の土蔵である。尊皇攘夷《そんのうじょうい》の藩士八名が、開国派の紀州藩のために、幽閉《ゆうへい》された土蔵である。なかの柱には、その藩士が血書した辞世の歌が、残っている。

この裏の林のなかで、坂田匡は、殺されていたという。

「何か、妙な気がしますね」

と、亀井が十津川に、いった。

「何が？　天誅という言葉がか？」

「ええ。気のせいでしょうが」

「問題は、この場所を、坂田が指定したのか、犯人が指定したのか、ということだよ」

と、十津川は、いった。

その坂田匡が泊まった旅館〈上御殿〉に着くと、米村は、まだ、東京に帰らずにいて、十津川に、名刺をくれた。

「犯人の目星がついたら、東京に帰りたいと思っているんですがね」

と、米村は、いった。

十津川は、米村から、坂田匡のこと、特に、二十日に、ここへきてからの様子をきいた。

「とても、楽しみにしていたんですよ。去年、ここで知り合った釣り仲間に、また会えるというんでね」

と、米村は、いった。

「友だちを、たくさん作りたがっていたんですか？」

「そうです。ここの刑事さんにもいったんですが、私のアドレス帳を、書き写したりしましてねえ」

と、米村はいい、そのアドレス帳を見せた。

「百人近い名前が書いてありますねえ」

十津川は、感心したように、いった。

「ええ。みんな釣り好きです。特に、鮎の友釣りが好きな連中です」

「坂田さんは、これを全部、写していたんですか？」

「そうです」

「しかし、これは、あなたの知り合いで、坂田さんの知り合いじゃないんでしょう？」

「しかし、同じ鮎釣りの仲間です。すぐ、友だちになれますよ」

「この人たちの何人かを、坂田さんに、紹介したんですか？」

「新宿《しんじゅく》に、釣り仲間が集まる喫茶店があるんです。店主《オーナー》も、釣り好きでしてね。

店の名前は『せせらぎ』です。そこで、坂田さんに、何人か、紹介しました。今、いったように、釣り仲間は、すぐ、友だちになれるんです」

「そのなかに、この龍神に、名人戦を見にきた人もいますか？」

「何人もきてますよ」

と、米村は、いった。

十津川は、窓から、日高川に目をやって、

「おかしなものだねえ」

「何がですか？」

「私が、去年の事件で、坂田さんに会った時は、人見知りをする男だったんだ。それが、積極的に、友だちを作っていたとはね」

「釣りを始めて、考え方が変わったんでしょう」

「そんなに、変わるものかね？　ひとり娘を失って、よけいに、人間嫌いになっているように、見えたんだがね」

「しかし、孤独から逃げ出そうと、釣りを始めたんでしょうから」

と、亀井は、いった。

日高川では、今日も、五、六人の釣り人が、竿を振っている。

「坂田さんは、上手でしたか？」

十津川は、振り向いて、米村に、きいた。

「まあ、初心者ですからねえ。うまいとはいえませんでしたが、品格のある釣りでしたよ」

「品格のある、ですか？」

「釣れなくても、決して、愚痴をいわない。川を汚さない。規則は守る。だから、品格のある釣りだというんです」

「それなら、ほかの釣り人と、喧嘩するようなことはしませんね？」

「誰がそんなことをいうんですか？」

「二十一日の名人戦は、まれに見る接戦だったんでしょう？」

「そうです。終了寸前まで、勝敗がわかりませんでしたからね」

「それで、名人と挑戦者双方のファンがいて、テンションがあがり、喧嘩になったんじゃないかときいたんですがねえ」

「それは、違いますよ。坂田さんは、どちらのファンでもありませんでしたからね」

と、米村は、いった。

「では、ほかの釣り人と喧嘩する理由など、なかったということですか?」

と、亀井が、きいた。

「私のしる限り、なかったと思いますよ。あの人は、喧嘩をするような人じゃないんです」

「と、いって、龍神村の人とも、喧嘩することは、考えられないんでしょう?」

「ええ。この村の人たちも、いい人ばかりですからね。それで、困っているんです。犯人が、いなくなるんです」

「つまり、よほど、表に出ない理由があるんだろうということになってきますね」

十津川は、自分に、いいきかせるように、いった。

十津川と亀井は、木村警部たちと一緒になって、龍神村で、聞き込みをおこなった。

旅館〈上御殿〉から、殺人現場までの間に、目撃者がいないかということだった。

その間に、坂田匡の司法解剖の結果が、しらされた。

坂田匡は、腹を二カ所刺されており、死因は、失血死である。これは、だいたい想像がついていたが、問題は死亡推定時刻だった。

司法解剖の結果では、二十一日の午後十時から十一時の間になっていた。

二十一日の夜は、月が出ていて、明るかった。しかし、街灯が多くはない。そのなかを、坂田匡は、天誅倉まで歩いていったのか。

十津川は、木村警部にもらった、龍神村の地図を、広げてみた。

日高川を南に少し下ると、支流の小又川《こまた》に出会う。この川沿いの高台にあるのが、天誅倉である。

さして遠くはない。ただ、夜なら、めったに人に出会わずにいくことも可能だろう。それに、名人戦が決着した夜で、村人も、見物にきた人たちも、旅館や、民宿のなかで、騒いでいたと思われるから、目撃者が、出てこないのも、当然かもしれない。

十津川は、木村警部たちと、坂田匡の残した所持品も、調べてみた。

当然、釣り具が多い。

友釣りの竿、鮎ダモ、プラスチックのおとりカン、引き舟、それに、友釣りの正装といわれる鮎タイツ。川のなかに入っても、滑らないための鮎タビ、鮎ベスト、キャップ、クーラーボックスと、ひととおりのものが、揃っている。

「鮎釣りも大変ですね」

亀井が、感心したように、いった。

だが、十津川が注意したのは、ベストのポケットに、何か手がかりになるようなものが、入ってないかということだった。

ベストのポケットにあったのは、アドレス帳である。米村がいった、彼のアドレス帳を写したものだった。

奇妙だと思ったのは、その名前に小さな赤丸が、いくつもついていたことだった。

赤丸がついていないものもある。

「これは、何ですかね？」

と、十津川は、米村に、きいてみた。

「私にも、わかりませんが――」

「あなたが紹介した人には、赤丸がついているのかな？」

「違いますね。この相原《あいはら》という人は、まだ、紹介していないのに、赤丸がついています」

「じゃあ、自分で、会ったのかな」

十津川は、首をかしげた。

アドレス帳のほかに、手帳も一冊入っていた。一年の手帳ではなく、月日の入っていない手帳である。

最初のページには、こう書いてあった。

〈三月二十日。はるかが死んだ〉

次のページには、なぜか、レシートが、貼ってあった。〈四谷書院〉とあるから、本屋のレシートらしい。しかし、そんなものを、なぜ、後生大事に、貼ってあるのか。

レシートの日付は、二年前の五月二日である。

このほかは、手帳のほかのページを繰っても、何も書かれていなかった。

「ここは、県警に任せて、東京に帰ろう」

と、十津川は、急に、亀井に、いった。

6

東京に戻った十津川は、亀井と〈四谷書院〉を捜した。

地下鉄四谷三丁目駅近くの、五階建ての大きな本屋だった。一階には、ＣＤやビデオも置いてあり、一階から五階まで、部門別になっている。

問題のレシートを見せると、三階のレシートだといわれた。

三階は、旅行や、趣味の本のコーナーである。ここで、改めて、レシートを見せると、女店員が、

「これは、釣りの本ですね」

と、いった。

「一冊が五千円、もう一冊が二千八百円になっているから、かなりの豪華本ですね」

十津川がいうと、相手は、微笑して、

「どちらも写真集ですわ」

「どんな人が買ったかは、わからないでしょうね？」

亀井が、きくと、女店員は、にっこりして、

「わかりますわ」

「六十歳ぐらいの男の人でしたか？」

「いいえ。若い女の方です」

「なぜ、そんなことを、覚えているんですか？」

不思議に思って、十津川がきくと、相手は、

「私は、二年前の四月、ここに入社したんです」

「ええ」

「その年に『週刊日本』が、新しい社会人という特集をやりました。それに、英仏二カ国語が堪能《たんのう》な、将来のホープということで、美しい人の写真が、載ったんです」

「ああ、坂田はるか？」

「ええ。その人です。その人が買いに見えたんですよ。だから、あのグラビアの人だと思って、どんな本を買うのかと思っていたら、釣りの写真集が二冊なんで、びっくりしたんです」

「その時、彼女は、何かいっていましたか？」

「釣りがお好きなんですかって、きいたんです。そしたら、笑って、誕生日のプレゼントだって、おっしゃってましたわ」

と、女店員は、いった。

「同じ写真集が、ありますか？」

十津川がきくと、女店員は、奥の棚から、二冊の写真集を持ってきた。

箱に入った写真集である。

十津川と、亀井は、ページを繰ってみた。

「両方とも、鮎の友釣りの写真集ですよ」

と、亀井が、いった。

あの日高川の写真もあった。

「父親へのプレゼントですかね？」

亀井が、いう。

「父親が、釣りを始めたのは、一年後に、彼女が殺されてからだよ」

と、十津川は、いった。

「このレシートですが、われわれのほかに、ここに持ってきて、いろいろきいた人は、いませんでしたか？」

十津川は、女店員に、きいてみた。

相手は、微笑して、

「いらっしゃいました。六十歳くらいの男の方です」

「きたのは、いつ頃ですか？」

「確か、去年の四月頃だったと思いますけど」

と、彼女は、いう。

やはり、坂田匡だ。彼がきいたのだとすれば、彼へのプレゼントのはずがない。

「畜生！」

と、亀井が、急に、舌打ちして、

「こんな大事なことを、あの親父《おやじ》は、われわれに内緒にしていたんですよ」

女店員が、驚いた顔で、亀井を見、十津川を見ている。

十津川は、一万円を出して、二冊の写真集を買い、亀井を引っ張って、廊下に出た。

この本屋の地下が、洒落た喫茶店になっている。二人は、そこに落ち着いた。

コーヒーを注文してから、改めて、写真集に目をやった。

「坂田は、娘の部屋を調べていて、机の引き出しか何かで、レシートを見つけたんですよ」

と、亀井は、いった。

「そして『四谷書院』に持ってきて、この二冊の写真集に辿りついたというわけだ」

「自分で、娘を殺した犯人を、見つけ出す気だったんですかね」

「たぶん、そうだろう」

「警察にすべて話してくれていたら、自分も殺されずにすんでいたでしょうにね」

亀井が、また、腹立たしげに、いった。

二人は、四谷警察署に戻った。事件は、迷宮入り寸前だったが、捜査本部は、まだ、解散されずにあった。

死にかけていた捜査本部は、十津川たちのもたらした情報で、俄然、生き返った。

久しぶりに、捜査会議が開かれ、十津川が、龍神温泉の殺人事件のことを、説明した。

「殺された坂田は、このレシートを残してくれました。このレシートが、宝を掘り当てました。それが、この二冊の写真集です。いずれも、鮎の友釣りの写真が、集められています。去年の三月二十日に殺された坂田はるかは、これを、誕生日のプレゼントにしたわけです」

「あの時、彼女の男関係を調べたんだが、釣り好きの男は、見つからなかったんじゃないか？」

三上本部長が、いう。

「そうです。あの時は、もっぱら、K大の彼女の同窓生を調べたのです。R商事に入社して、まだ、一年しかたっていませんでしたから」

「犯人は大学の同窓生ではなかった、ということになるね」

「そうです」

「ほかに調べるところがあるかね？」

「彼女は、フランスに二年間、留学しています。そこで会った男というケースも、考えられます」

「向こうのソルボンヌで一緒だった日本人か？」

「そうです」

「日本人と限定するのは？」

「鮎の友釣りが好きな男だと思われますから。日本が好きな外国人というケースもありますが、鮎の友釣りは、しないでしょう」

と、十津川は、いった。

早速、坂田はるかが、ソルボンヌに留学していた二年間、彼女の近くにいた日本人を、調べることにした。

それを決めたあと、十津川は、

「もう一つは、坂田の残したアドレス帳があります。坂田は、この写真集のことをしってから、自分で、犯人を見つけ出そうと考え、定年後の趣味ということにして、釣り、特に、鮎の友釣りを始めたのです。われわれは、まんまと騙されました。犯人は、鮎の友釣りの好きな男と考え、坂田は、その男を探して歩いたんです。大会があるときけば、休みを取って、出かけました。犯人が、きているかもしれないと、考えてです」

「龍神温泉へも、去年、今年と、出かけたんだな」

「そうです。去年、龍神温泉で、米村と知り合いました。米村は、タクシー会社の社長で、釣り歴も長く、交際範囲の広い男です。坂田にしてみれば、この上ない情報源だったでしょう。そこで、坂田は、たくさん友人を作りたいといって、米村のアドレス帳を写しとりました。その人数は、百六人に達しています」

十津川は、坂田匡のベストのポケットから出てきたアドレス帳を、三上本部長に渡した。

「この赤丸がついている人間は、坂田が調べて、シロとなった人間かね？」

と、三上が、きく。

「たぶん、そのとおりだと思います」

「しかし、そうだとしても、まだ、半分以上の人間が残っているね」

「そうです。赤丸がついていない名前を数えると、六十七人残っています」

と、十津川は、いった。

「その六十七人のなかに、坂田が探していた人間、つまり、ひとり娘のはるかを殺した犯人がいるということかね？」

「普通に考えれば、そういうことになりますが――」

と、十津川は、語尾を濁した。

「が、何だい？」

三上が、きく。

「坂田は、残りの六十七人を調べる前に、龍神温泉で殺されてしまいました」

と、十津川は、いった。

「私も、そこが、不思議なんだよ。坂田が、このアドレス帳に載っている人物、全員を調べつくして、とうとう、娘を殺した犯人に辿りついた。そして、その犯人と対決して殺されてしまったというのなら、合点がいくのだがね。その途中、半分もいかないうちに、殺されてしまったというのは、解《げ》せないんだがね」

「素直に考えれば、途中で、犯人にぶつかってしまった、ということになりますが」

十津川は、かなり自信のない顔で、いった。

「では、アドレス帳の次の人間が、犯人だということか？」

「それが難しいのです。見てくだされば、よくわかりますが、赤丸は、名前の順番についているわけではないんです。赤丸が、飛んでいます。たぶん、調べやすい順に、相手に当たっていたんだと思います。ですから、最後に、坂田がぶつかった相手が誰なのか、わからないのです」

と、十津川は、いった。

「それに、すでに、調べ終わった人間のなかに、犯人がいたということだって、考えられます」

と、いったのは、亀井だった。

三上は、溜息をついて、

「それじゃあ、このアドレス帳は、役に立たないんじゃないか」

「そうでもありません。その百六人のなかに犯人がいることは、まず、間違いないと思います」

と、十津川は、いった。

田辺警察署の木村警部からも、FAXが、送られてきた。

〈前回と、今回の龍神名人戦の見物にきて、龍神温泉の旅館、民宿に宿泊した人間の名前は、次のとおりとわかりましたので、報告させていただきます。

このほかにも、南紀白浜、あるいは、紀伊田辺のホテル、旅館に宿泊し、名人戦の当日だけ、自家用車、バスで、龍神温泉にやってきた人たちもいるわけですが、その人たちについては、こちらではわからないので、省略いたします。

今年の八月二十一日の夜、坂田匡は、龍神温泉の天誅倉の裏で、犯人に殺されています。その死亡推定時刻は、午後十時から十一時となっています。

私が考えますに、南紀白浜、紀伊田辺、あるいは逆方向の高野山《こうやさん》から、二十一日に、車で、見物にだけきた人間が、犯人だと考えるのは、難しいと思うのです。二十一日の午後十時から十一時という時間には、その人たちは、すでに車で、龍神温泉から引きあげていると、思います。

そう考えると、犯人は、二十一日に、龍神地区に、宿泊した人間ということになってくると、私は、思います。

念のため、午後十時以降に、龍神温泉から車で出ていった人間についても、調べようとは思っていますが、まだ、わかっておりません。

それから、旅館、民宿に泊まった人たちの氏名、住所などは、一応、本当のことが書かれているものと思っていますが、あるいは、偽名が、使われているかもしれません〉

この文章のあとに、去年の二十一日と、今年の二十一日に、龍神地区の旅館、民宿に泊まった人間の名前と、住所が、アイウエオ順に、ずらりと並べて、書いてある。

その人数は、去年が六十八名、今年は、五十二名。

今年が少ないのは、南紀白浜や、紀伊田辺のホテルに泊まって、名人戦の二十一日だけ、バスや、車で、龍神温泉にやってきた人たちが、多かったということなのだろう。

十津川たちは、特に、今年の泊まり客を、重視した。

そのなかに、坂田匡を殺した犯人がいる可能性が、高かったからである。

十津川たちは、まず、その名前と、坂田匡のアドレス帳にあった名前を比べ、共通している名前だけを、新しく書き抜いていった。

その数が少なくなればなるほど、捜査は、やりやすくなると期待したのだが、いざ、その作業を始めてみると、驚いたことに、ほとんど、減らなかった。

それだけ、鮎の友釣り愛好家というのは、頑固で、ほかの釣りに、変わっていかないということなのだろう。

結局、共通していた人数は、四十六名だった。

木村警部が送ってきた人数から、六人しか減らないのである。

「このなかから、東京以外の人間は、除外しよう」

と、十津川は、いった。

今年、坂田匡を殺した犯人と、去年、はるかを殺した犯人が別人なら、この作業は、意味がない。

しかし、十津川は、同一犯人と、考えている。坂田匡は、ひとり娘を殺した犯人を追いかけていて、犯人に逆に殺されてしまったに違いないと、十津川は、思っている。

その犯人は、去年、坂田はるかの身近にいたはずである。

と、すれば、東京の人間の可能性が強いのだ。

東京以外の人間を除外していくと、やっと、人数は、半分になった。

それでも、まだ、二十三人もいる。

「この二十三人を、徹底的に、調べます。このなかに犯人がいる可能性は、八〇パーセントはあるだろう。もちろん、簡単に尻尾《しっぽ》を出すとは思えないので、がんばってほしい」

と、十津川は、刑事たちに、いった。

捜査員も、増やしてもらい、刑事たちは、担当する相手の名前と住所を持って、飛び出していった。

7

その報告を待つ間、十津川は、亀井とコーヒーを飲みながら、今回の事件を、反芻《はんすう》してみることにした。

「何か、捜査に間違いはないかね？　このまま、続けていいんだろうか？」

と、十津川は、いった。

いつの捜査でも、その不安は、つきまとうのだ。このまま捜査を続けて、果たして、犯人逮捕に繋がるのだろうかという不安である。

「大丈夫だと思います。と、いうより、今のところ、ほかの方法はないでしょう」

と、亀井は、いった。

「そうなんだ。今のところ、ほかに、方法はない」

「それに、坂田は、同じ方法で、自分の娘を殺した犯人を追いかけていたんです。そして、殺されてしまった。犯人に辿りついたからだと思います」

亀井は、いう。

そう考えなければ、今の捜査を、続けられないのだ。

もし、坂田匡を殺した犯人と、去年、坂田はるかを殺した犯人が別人だったら、今、十津川たちの進めている捜査は、何の意味もないことになってしまう。

いや、坂田殺しの犯人は、見つかるかもしれない。が、去年の、はるか殺しは、依然、迷宮入りになってしまうのだ。

「わからないといえば、なぜ、われわれが、坂田はるか殺しが解決できなくて、いわば、アマチュアの坂田が、犯人に辿りつけたかということですね」

と、亀井は、いった。

亀井は、コーヒーを飲む。十津川は、煙草に火をつける。問題にぶつかった時のいつものスタイルだった。

「それは、坂田が、例のレシートを、われわれに隠していたためだろう。坂田は、あのレシートから、殺された娘のはるかが、恋人に、釣りの写真集二冊をプレゼントしたことをしり、犯人は、釣り、特に、鮎の友釣りに目がないことをしり、釣りの仲間に、接触していった。われわれは、それをしらなかった。その差だと思うね」

と、十津川は、いった。

「そうなんです。坂田が、われわれに、レシートのことを話してくれていたらと、思います。坂田が殺されてみると、口惜しくてなりません」

「まあ、それだけ、われわれが坂田に、信用されていなかったということだな」

と、十津川は、いった。

別に、今回のことに限らない。身内の人間が殺された事件などでは、警察の捜査に不満を持たれることが多い。

悲しみや、怒りが、大きければ大きいほど、彼等のいらだちは大きく、不満も、大きくなる。

それでも、警察を信用して、期待する人が多いが、なかには、今回の坂田匡のように、自分で犯人を見つけようとする人間も出てくる。そのため、警察に、資料を隠したりもする。坂田匡のようにである。

犯人が、釣り好きで、特に、鮎の友釣りが好きな人間というのは、これ以上ないくらいのヒントである。

それを隠していた、隠されたということは、亀井でなくても、腹立たしくなるが、坂田匡が亡くなった今、文句をいっても、仕方がないだろう。

「不思議なことが、一つありますよ」

と、亀井が、いった。

「坂田についてか？」

「そうです。警部も、同じ気持ちで、いるはずだと思うんですが」

「ああ、なぜ、坂田が、犯人に辿りつけたかという疑問だろう？」

十津川が、いうと、亀井は、大きくうなずいた。

「そうなんですよ、今日、われわれは、犯人を絞っていっても、最後に、二十三人が残りました。それに、まだ、この二十三人のなかに、犯人がいるという確信は持てません。坂田だって、これ以上、犯人の範囲を絞れたとは、思えません。その段階で、今年の八月二十日、龍神温泉へ、出かけたと思うのです。それなのに、彼は犯人に出会い、殺されました。私は、坂田が、犯人を見つけて、天誅倉に呼び出したと、思っているんです」

「なぜ、逆に、犯人が、呼び出したとは、思わないのか？」

と、十津川は、きいた。

「私は、天誅倉という名前が、引っかかるんです。天誅というのは、悪をこらしめるというニュアンスを感じるんです。本当の意味は、わかりませんが」

「普通は、そう感じるだろうね」

「とすれば、坂田はるかを殺した犯人が、その父親を呼び出すにふさわしい場所とは、考えられません。天誅という言葉に、むしろ、後ろめたさを覚えると思うのです。坂田が、娘を殺した犯人を呼び出すに、ふさわしい名前であり、場所だと思うのです」

と、亀井は、いった。

「なるほど。それで、呼び出したのは、坂田のほうだと思ったわけだ」

「そうです。そうなると、坂田は、二十一日の夜、犯人を見つけ出して、天誅倉へ、呼び出したことになります。どうして、犯人を見つけ出すことができたのか、それが、不思議でならないのです」

「確かに、不思議だな」

と、十津川も、いった。

坂田匡は、八月二十日、名人戦の前日に、龍神温泉に向かった。

その段階で、果たして、娘を殺した犯人を特定できていたのだろうか？

「二十日のことから考えてみよう。坂田は、羽田から南紀白浜行の飛行機に乗っている。空港では、米村と一緒になって、以後、龍神温泉まで、彼と一緒だった」

「旅館も、同じ『上御殿』です」

「まさか、米村が犯人ということは、ないんだろうな」

「私は、それも、考えてみました。しかし、二十四歳の坂田はるかの恋人としては、似合いません。年齢も、六十歳をすぎていますし――」

「英語、フランス語も、できそうもないか」

「そうです。若い女のパトロンにはなれるでしょうが、社会人一年生で、前途を祝福されている坂田はるかが、金がほしくて、パトロンを持つということは、まず、考えられません」

「同感だね。米村は、はるかの恋人とは、考えられないな」

「坂田は『上御殿』に着いたあと、米村と日高川にいき、鮎の友釣りを楽しみましたが、一匹も釣れませんでした。河原では、顔見知りの釣り人と挨拶はしたようです。それから、旅館に戻って、夕食を摂《と》っています」

「翌日は、二十一日の名人戦だ。坂田は、どこで見物していたんだろう？」

「米村の話では、日高川にかかった吊り橋の上だったそうです。まあ、橋の上には、たくさんの見物人がいたといいます」

と、亀井は、いった。

「そして、その夜、坂田は、殺された。夕食をすませたあとだ。夕食は食べている。そうでなければ、怪しむだろうからね」

「翌朝になって、米村が、坂田がいないので、探した。坂田が朝食を食べていないこともわかった。警察や、消防が捜して、天誅倉の裏の林で、殺されていることがわかった。こういうことですが、二十一日の夜、殺されたとなると、夕食のあと、犯人に、接触したことになります」

と、亀井は、いった。

「問題は、外で接触したか、旅館のなかで接触したか、だな」

と、十津川は、いった。

「名人戦を、外で見物している時に、犯人と接触して、その時、夜になったら、天誅倉へこいといったのだとすると、相手を特定するのは大変ですね。見物していたのは、百人以上はいたようですから」

「そうなんだ。旅館で接触していたのなら、泊まり客のなかだから、人数は、限定される」

「どちらでしょうか?」

「泊まり客だけとしても、かなりの人数だろう。名人戦の日だからね」

「『上御殿』ですが、二十一日は、二十人の人間が、泊まっていたと、きいています」

と、亀井は、いった。

「坂田本人と、米村を除くと、十八人か」

「木村警部からのFAXは、アイウエオ順で旅館別にはなっていなかったんです。『上御殿』だけの名簿も、作ってもらったら、いかがですか」

「そうだな。こちらの捜査が、うまくいかなかったら、頼んでみよう」

と、十津川は、いった。

捜査に出ていた刑事たちが、次々に帰ってきて、自分の担当した分について、十津川に、報告した。

だが、なかなか、容疑者は、浮かんでこなかった。

坂田はるかと、つき合いのあった人物が、浮かんでこないのだ。

十津川は、改めて、田辺警察署の木村警部に、旅館〈上御殿〉だけの宿泊人名簿を送ってくれるように頼んだ。

それは、夜半になって、FAXで、送られてきた。

その数は二十名。

翌日、もう一度、坂田と米村をのぞく十八名について、聞き込みをおこなうことにした。

8

十津川は、亀井と二人だけで、米村に、会いに出かけた。

二十一日の、坂田匡の行動について、詳しくきくためだった。

米村が経営しているタクシー会社は、本社が、東京駅の八重洲《やえす》口にあった。

彼は、繋ぎの作業服姿で、社長室にいた。社長室の壁には、鮎の友釣りをしている彼の写真が、パネルにして、かかっていた。

六十万円の竿も、置いてある。

「坂田さんを殺した犯人は、見つかりましたか？」

と、米村のほうから、きいた。

「残念ながら、まだです。それで、米村さんの協力を、お願いしようと思いましてね」

十津川が、いうと、米村は、

「喜んで協力しますが、お役に立てますか――」

「坂田さんは、去年の三月に、ひとり娘のはるかさんを亡くしているんですが、その話をきいたことはありませんでしたか？」

「ええ。娘さんは、去年亡くなりましたとは、ききました。そのため、天涯孤独なんだと」

「その娘さんが、殺されたことは、どうです？」

と、十津川が、いうと、米村は「え？」と、驚いて、

「初耳です。そんなことがあったんですか？」

「坂田さんは、ほかの人にも、それを、話しませんでしたか？」

「話しているのをきいたことは、ありませんよ。そんなことがあったんですか
――」

米村は、また、驚いて見せた。

「娘さんを殺した犯人ですが、どこの誰か、まったくわかりませんが、一つだけわかっているのは、釣り好き、しかも、鮎の友釣りが好きだということなんですよ」

と、亀井が、いった。

米村は、びっくりして、

「まさか、坂田さんは、犯人を探すために、私たち釣り仲間と、つき合っていたなんてことは――？」

「そのために、つき合っていたと思いますね」

と、十津川は、いった。

「すると、坂田さんを殺したのは、その犯人ということになるんですか？」

米村は、眉をひそめて、きいた。

「たぶん、そうだと思います。坂田さんは、八月二十一日に、龍神温泉で、娘を

殺した人間がわかって、天誅倉へ呼び出したんだと思います」

「そこで、反対に、殺されてしまったんですか？」

「そうとしか思えません。それで、米村さんに、助けていただきたいのです。二十一日は、坂田さんと同じ『上御殿』に、お泊まりになったんでしたね？」

「ええ。部屋は、違っていましたが」

「八月二十日にも、泊まった？」

「ええ。二日泊まったんです」

「その間、坂田さんの様子に、何か変わったところは、ありませんでしたか？」

「変わったところですか？」

「どんなことでもいいんです。おかしいなと思うところです」

「しかし、私の娘を殺したのは、お前じゃないかなんて、きいて回ったりはしていませんよ。本当に、友だちを作りたいんだと、思っていましたがねえ」

と、米村は、いった。

十津川は、苦笑して、

「剝き出しに、犯人じゃないかとは、きかないでしょうが、かといって、何もしなかったとは、思えないのです。それでは、娘を殺した犯人は、見つけられませんからね」

と、いった。

米村は、目をつぶり、真剣に考えこんでいたが、しばらくして、目を開け、

「ちょっと、思い出せませんが、ほかのことでもいいですか？」

と、きいた。

「何ですか？」

「『上御殿』で、坂田さんの所持品を調べたでしょう？」

「ええ。あの時、ベストから、アドレス帳と、手帳が見つかりました」

「あの時、変だなと思ったことがあるんですよ」

と、米村は、いった。

「何がですか？」

「いつも、坂田さんが持っているものが、なかったんです」

「何がなくなっていたんですか？」

「本ですよ。写真集が二冊」

「写真集？」

十津川は、おうむ返しにいってから、亀井と顔を見合わせた。

「鮎の友釣りの写真集じゃありませんか？」

「なんだ。刑事さんが、持っていったんですか。それなら、なくても、おかしくないんですよ」

「いや、われわれは、持っていきません」

と、十津川がいい、亀井が、

「確か、山本清《やまもときよし》という人の写真集と、もう一冊は、友釣り研究会の出したものですね？」

「そうです」

「それを、坂田さんは、いつも、持ち歩いていたんですか？」

「そうなんです。釣り仲間が集まると、坂田さんは、その写真集を持ち出しましてね。みんなにきくわけですよ。こんなふうにうまく釣るには、どうしたらいいかとか、服装は、この写真のとおりでいいのかとか、この写真の竿は、どこへいったら、手に入るかとか。この写真集が、自分の釣りの先生ですと、いつも、いっていましたね」

と、米村は、いった。

「その写真集が、なくなっていた？」

「そうです」

「今回の名人戦にも、坂田さんは、その二冊を持ってきていたんですか？」

「そうですよ」

「釣り仲間の間で、二十一日も、見せていたんですか？」

「そうです。相変わらず、やってるなと思いましたからね」

と、米村は、微笑した。

「反応を見ていたんだ」

十津川が、呟く。

「何のことですか？」

と、米村が、きく。

十津川は、亀井と顔を見合わせ、うなずき合ってから、

「あなたなら、構わないでしょう。坂田さんの娘を殺した人間は、彼女から、誕生日に、この二冊の写真集を、プレゼントされたと思われるのです」

「ちょっと待って下さい。私も、同じものを持っています」

と、米村はいい、キャビネットから、写真集を二冊取り出して、十津川たちの前に置いた。

「この本ですね？」

「そうです。この二冊の本を、坂田さんの娘は、恋人に、誕生日のプレゼントに贈りました。このことは間違いないのです。しかし、どこの誰かわからない。そこで、坂田さんは、その男を、鮎の友釣りファンと、考えたわけです」

「それで、私に、釣り人を紹介させた？」

「ええ。そして、何かというと、この二冊の本を見せて、反応を見ていたんだと思います」

と、十津川は、いった。

「なるほど。この写真集を、坂田さんは、リトマス試験紙に、使っていたんですね」

米村は、感心したように、いった。

「今年の名人戦でも、坂田さんは、この二冊を、釣り人たちに、実際に見せていましたか？」

十津川は、念を押すように、きいた。

「間違いなく、見せていましたよ。私は、それに、そんな意味があるとはしりませんから、ああ、いつものように、やってるなと思って、見ていました。熱心だなど思って」

「二十一日の昼間は、外に出て、名人戦を見ていたわけでしょう?」

亀井が、話した。

「もちろん、そうです」

「名人戦は、朝から、始まったんでしたね?」

「正確にいうと、午前七時四十五分から始まっています」

「すると、あなたや坂田さんは、旅館で朝食をすませてから、名人戦を見に、外へ出たんですか?」

「そうです」

「朝食は、自分の部屋ですませたんですか?」

「いや、二十一日は、旅館の広間ですませましたよ。名人戦の日だったからかもしれません。泊まり客は、みんな鮎釣りのマニアで、食事をしながらも、その日の名人戦の話や、釣りの話をするんで、一緒の食事のほうが、楽しかったんですよ」

と、米村は、いった。

「昼食は、どうしたんですか?」

亀井が、きく。

「名人戦は、第一ラウンドから、第三ラウンドまで、二時間ずつぐらいで、おこなわれたんです。ラウンドとラウンドの間には、三十分くらいの余裕がありまず。だから、見物人も、適当に、その間に食事を摂っていましたよ」

「坂田さんは？」

「私は、彼と、ずっと一緒にいたんですが、第二ラウンドが終わったのが、確か昼の十二時をすぎて、午後一時近かったと思います。近くに『日高川』という民宿があるんですが、その一階で、同じ名前のドライブインをやっているんです。喫茶店もやっています。私は、坂田さんと、そこで、ラーメンを食べました」

「その時、ほかにも、何人も、食事をしていましたか？」

と、十津川は、きいた。

「ええ。混んでいましたよ」

「坂田さんは、その時も、この写真集を、手元に置いていたんですか？」

十津川が、きくと、米村は笑って、

「そうなんですよ。私は、またかと思っただけですが、一緒に食事していた人たちは、珍しがって、写真集を覗きこんでいましたよ。この写真集には、龍神の名人戦も、載っていますからね」

「夕食の時は、どうでした？」

「夕食も、二十一日は、広間で一緒に摂りました。名人戦のことを、話しながらね」

と、米村は、いった。

彼は、二十一日の名人戦の時に、撮《と》ったという写真を、見せてくれた。

日高川に入って、懸命に友釣りをする、名人の福田選手と、挑戦者の土井選手。

吊り橋の上で、見守る人たち。H新聞の旗、点数板。

坂田匡と並んで、米村自身が写っている写真。

「旅館で、ほかの釣り人たちと一緒に撮った写真は、ないんですか？」

と、亀井は、きいた。

「私は、撮りませんでしたが――」

「というと、誰か撮った人がいるんですね？」

亀井が、目を輝かせて、きいた。

「仲間に、早川《はやかわ》という男がいるんですが、彼がいつも、熱心に、カメラやビデオカメラで、みんなを撮るんですよ。それで、ほかの人間は、ほしければ、彼から、わけてもらうようになってしまいましてね。グループで、釣りにいくと、それぞれの役目が、自然に決まってしまって、彼が、撮影の係になっています」

と、米村は、いった。

「その早川さんですが、当日『上御殿』に、一緒に泊まったんですか？」

「ええ、一緒でした」

「旅館のなかでも、撮影をしてました？」

「ええ。彼が、撮ってましたよ」

と、米村は、いった。

「早川さんに会いたいんですが、住所を教えてくれませんか」

「伊豆《いず》の熱川《あたがわ》で、旅館をやっていますよ。古くて、感じのいい旅館です」

と、米村は、いった。

9

確かに、坂田匡のアドレス帳に、早川順《じゅん》という名前がある。

ただ、東京以外の人間なので、刑事たちは、会っていないのだ。

十津川は、米村の部屋から、早川順に電話をさせてもらった。米村の話では、早川順は三十二歳で、父親が社長をしており、彼は副社長で、まだ、独身だという。

「釣りばかりしているので、道楽息子そのものだと、笑われている男です」

と、米村は、いった。

十津川は、電話口に、その早川順を、呼んでもらった。

警視庁の者だと、いってから、

「八月二十一日の龍神の名人戦のことですが、早川さんもいかれましたね？」

と、きいた。

「ええ。もう今回で、四年連続、龍神へいっています」

電話の向こうの声は、誇らしげだった。

「米村さんの話では、いつも、あなたが、ビデオを回したり、写真を撮ったりしていると、ききましたが」

「カメラやビデオは、私の道楽ですから」

と、早川順は、いった。道楽が多い人間らしい。

「今回も、撮られましたか？」

「今回は、もっぱら、ビデオです」

「二十一日には『上御殿』に泊まられました？」

「ええ。ずっと、あの旅館に、泊まることにしています」

「二十一日の夕食の時ですが、一緒に泊まった釣り仲間のことも、ビデオに撮りましたか？」

と、十津川は、きいた。

「あの日は、接戦で、新名人が決まったというので、賑《にぎ》やかな夕食になりましたよ。みんな興奮していましたね。それで、僕も、ビデオを回しました」

と、早川順は、いった。

「これから、そちらへいくので、そのビデオを、見せて下さい」

と、十津川は、いった。

十津川と、亀井は、その足で、東京駅から、電車で、伊豆熱川に向かった。

熱川に降りた時は、周囲はもう、暗くなっていた。

駅から、タクシーで〈明月旅館〉に向かう。

着くとすぐ、二人は、フロントで警察手帳を見せ、早川順さんに会いたいと、告げた。

「ちょっと外出しておりますけど」

と、受付の女性が、いう。

「外出って、どこへいったんですか？」

「お友だちに、会いにいってくるとおっしゃって。間もなく帰ってくると思います」

と、いった。

行き先がわからないのでは、捜すこともできない。仕方なく、十津川たちは、一階の喫茶室で、待つことにした。

だが、コーヒーを飲み終わっても、早川順は、戻ってこない。

二人は、次第に、不安になってきた。亀井が、フロントにいって、

「友だちというのは、どんな人なんですか？」

と、きいてみた。

「なんでも、釣り仲間だと、おっしゃってましたけど」

「釣り仲間？」

亀井は、一層不安になった。

「用件は、いっていましたか？」

「龍神へいったときのビデオを渡してくると、おっしゃっていました」

と、フロントの女性は、いう。

亀井の顔色が、変わった。

それをきいて、十津川も、狼狽した。

午後八時、九時になっても、早川順は、帰ってこない。

旅館の人々も、動揺し始め、探し始めた。夜半をすぎると警察にも連絡して、本格的な捜索がおこなわれた。

「まずいな」

「まずいですね」

と、十津川と、亀井は、顔を見合わせた。

夜明け近くなって、早川順は、近くの山のなかで、死体で発見された。もちろん、ビデオテープは見つからなかった。

犯人に、先を越されたのだ。

10

失望が、捜査本部を支配した。

地道な捜査は、続けられるが、怪しい人物が浮かんできても、否定されてしまえば、それで、壁にぶつかってしまうのだ。

八月二十一日に、龍神温泉の旅館〈上御殿〉に泊まった人たちのなかに、犯人は、いるに違いない。そう思ったが、証拠が、見つからない。

この日の捜査会議で、十津川は、その口惜しさを、口にした。

「八月二十一日の夜、早川順は『上御殿』で、一緒に夕食を摂り、そのあと歓談した釣り仲間を、ビデオに撮ったと思うのです。もちろん、その時も、坂田は、例の二冊の写真集を持ち出したと思います。ビデオに撮られたということで、そのなかのひとりが、異常な反応を示した。坂田は、それを見て、この男が、犯人だと決めつけたのではないかと思います」

「それで、相手を、天誅倉に、呼びつけたというわけか？」

と、三上本部長がきく。

「そうです。坂田は、写真集を持って、天誅倉にいき、相手に、写真集を突きつけて、娘を殺したのはお前だと、いったんだと思います」

「ところが、逆に、殺されてしまったか？」

「はい。犯人は、坂田を殺し、二冊の写真集を、持ち去ったのです」

「なぜ、犯人がわかった時点で、坂田は、警察にしらせなかったのかね？」

三上は、眉をひそめて、いう。

「坂田は、この男こそ、犯人だと思ったでしょうが、それは、坂田が感じただけで、証拠は、ありません。これでは、警察が動いてくれないと、思ったんでしょう」

と、十津川は、いった。

会議の途中で、十津川に、外から電話が、入った。

「米村です」

と、男の声が、いった。

「ああ、米村さん。せっかく、早川さんのことを教えていただいたのに、残念でした」

と、十津川は、いった。

「私も、驚きましたよ。まさか、早川さんが、殺されるなんて――」

「ええ」

「その早川さんなんですが、今日、彼から、小包みが届いたんですよ。中身を見たら、例の龍神のビデオでした。ダビングして、死ぬ前に、主だった仲間に送ってくれていたんです」

「今からすぐ、そちらへいきます」

と、十津川は、いった。

亀井と、二人で、八重洲口の米村のタクシー会社へ、駆けつけた。米村は夜遅くなったが、社長室で、待っていてくれた。

米村は、まず、茶封筒を見せてくれた。

早川順の名前があり、短い手紙が、入っていた。

〈龍神の名人戦の様子、うまく撮れたので、ダビングして、送ります。来年も、ご一緒したいですね。

早川順
米村さま〉

「律義な人なんですよ。それに、世話好きでね」

と、米村は、いった。

その性格のために、早川は、殺されたのだが、同時に、こうやって、ダビングしたテープを、送ってよこしたのだ。

8ミリのテープを、それ用のビデオデッキで、米村は、見せてくれた。

もちろん、大部分は、名人戦そのものの記録になっている。だが、十津川は、飛ばさずに見ていった。

シーンが、二十一日の夜の旅館になった。広間で、十二、三人が集まって、食事をし、飲み、騒ぐ。米村も、写っているし、坂田匡も写っている。

坂田匡は、例の写真集を取り出し、みんなでそれを見て、がやがやと喋り合う。飲む。

「三浦《みうら》さん。一緒に、見てみなさいよ!」

と、そのなかのひとりが、いう。

「いいよ」

と、カメラの枠外から、声がきこえる。

「三年前の龍神の名人戦の写真なんだ。君も写ってるんじゃないか」

と、また、声をかける。

「僕は、写ってないよ」

また、カメラの枠外から、男の声がいう。

「この人は、誰ですか?」

と、十津川が、きいた。

「この人――ですか？」

「写真を見てみろといわれてる人です」

「それなら、三浦さんです。三浦信彦《のぶひこ》さん」

と、米村は、いってから、テープを巻き戻し、十二、三人が、一緒に集まっているシーンで、止めた。

「この右から二人目で、食事をしてるのが、三浦さんです」

「しかし、そのあと、ほとんど、ビデオに写っていませんね」

「そういえば、そうですね」

「意識して、避けている感じだな」

と、十津川は、呟いた。

もちろん、二十一日に〈上御殿〉に泊まったひとりとして、刑事たちは、この男のことも、調べているはずだった。しかし、怪しいということは、きいていない。

「どんな人物ですか？」

と、十津川は、米村に、きいた。

「大学の先生ですよ」

と、米村は、いう。

「先生？」

「ええ。Ｋ大の助教授です。フランス文学でしたかね。私なんかは、まったくわかりませんが」

と、米村は、笑った。

「Ｋ大の助教授ですか」

（それなら、坂田はるかの大学の先輩ということになる）

と、思いながら、

「独身ですか？」

「いや、去年、学長の娘さんと、結婚したはずですよ。ああ、それで、去年は、龍神に、三浦さんはこなかったんだ」

と、米村は、いう。

（絵に描いたような図式だな）

と、十津川は、思った。

若い大学の助教授。それに、ＯＬ一年生で、美貌の坂田はるかが、恋をした。同じフランス文学を学び、大学の先輩、後輩ということで、話も合う。

助教授の三浦信彦も、美しい後輩が好きになる。坂田はるかは、鮎釣りが好きだという男に、豪華な写真集を、誕生日のプレゼントとして、贈った。

だが、助教授のほうは、出世を夢見る。学長の娘と結婚すれば、教授の椅子は、約束される。

だから、OLの娘を捨てた。

だが、娘のほうは、必死だった。

そして、助教授は、彼女を殺してしまった。

十津川は、米村からビデオテープを借りて、捜査本部に、戻った。

三浦信彦のことを調べた西本と、日下の二人の刑事を呼んだ。

「君たちが、この男のことを調べた。その時のことを話してもらいたい」

と、十津川は、いった。

「何かあったんですか?」

「いいから、正直に話してくれ。君たちは、怪しいところはないと、報告している」

「ええ。K大の助教授ですが、学校の評判もいいし、学生にも、人気があるんです。それに新婚ですから、人殺しをするようには、とても見えませんでした」

と、西本が、いう。

「奥さんにも、会ったんだろう？」

「会いました。学長の娘さんですが、それを鼻にかけてはいなくて、活発《かっぱつ》な美人の女性ですよ」

「去年結婚したんだな？」

「そうです。去年の五月に結婚しています。そして九月に、子供が生まれていま す。月日が合わないじゃないかと、父親に叱られましたと、奥さんは、笑っていましたね」

と、今度は、日下が、いった。

「結婚したときに、もう妊娠していたのか」

「そうです」

「とすると、三月二十日の時点では、妊娠四カ月だったことになる」

と、十津川は、いった。

三月二十日は、坂田はるかが殺された日である。

三浦信彦は、二人の女と、つき合っていた。学長の娘のほうは、妊娠四カ月だった。

出世のためにも、倫理的にも、三浦信彦は、学長の娘を取らざるを得なくなっていたのか。

「夫婦仲は、どうなんだ?」

亀井が、二人に、きいた。

「すごく、いいですよ。少なくとも、私には、羨ましく、映りました。好きな釣りにも、二人でいくといっていました。今は、子供が小さいので、例の龍神の名人戦には、亭主のほうがひとりでいったが、子供が、もう少し大きくなったら、親子で揃っていきたいと、いっていましたね」

と、日下は、いった。

「親子で、いきたいか——」

十津川は、憮然とした表情になる。坂田匡も、親子だった。

その親子が、一家で釣りにいきたいという男に殺された。

二人の刑事の話をきいたあと、十津川は、浮かない顔になった。

三浦信彦が、犯人に違いないという確信は、強まったのだが、肝心な、決定的な証拠がないのだ。

翌日、田辺警察署の木村警部から、FAXが送られてきた。

〈あれから、現場周辺の聞き込みと、捜査は続いていますが、これといった、犯人に結びつく話も、品物も、見つかりません。

ただ、一つだけ、日高川の下流で、二冊の写真集が、発見されました。十津川さんのいっていた例の写真集です。たぶん、上流で、投げ捨てたものと思われますが、長く水に浸かったため、指紋の検出もできません。

今は、これだけであります〉

やはり、犯人は、天誅倉の裏の林で、坂田匡を殺したあと、二冊の写真集を奪い、日高川に投げ捨てたのだ。ということは、坂田匡が、写真集を持って、現場にいき、犯人に突きつけただろうということでもある。

「これも、状況証拠でしかありませんね」

と、亀井は、十津川に、いった。

11

半月後。

大学から帰宅した三浦信彦は、マンションの郵便受に、部厚い封筒が、入っているのを見た。

部屋に入って、その封を切る。

角張った字が、並んでいた。

〈初めて、お手紙を差しあげます。

私は、和歌山県日高郡龍神村の消防に勤めています。

今年の八月二十一日、鮎の友釣りの名人戦の日、現場周辺の警備に当たっていました。

名人戦は、何事もなく終わりましたが、夜になって、旅館、民宿などで、宴会などがあり、火の不始末でも起きてはと、私は、夜、見回りに出ました。

それも、無事にすみ、私は、天誅倉の近くの自宅に、帰ろうとしたのですが、その途中、天誅倉の裏から飛び出してきた人影を見つけたのです。百八十センチくらいある背の高い男でした。職業柄、怪しいなと思って、私は、そっと、その男を追いかけてみました。すると、その男は、日高川にくると、何か厚い本みたいなものを、川に、投げ捨てたのです。

私は、ますます、怪しいと思い、さらに追いかけると、その男は、旅館の『上御殿』に入っていったのです。

翌朝になると、天誅倉の裏で、泊まり客のひとりが、殺されていて、大騒ぎになりました。殺された人の名前は、坂田さんでした。しかも『上御殿』に泊まっている人なのです。

私は、確信しました。昨夜、見た怪しい男が、犯人に違いないと。

それから、誰が犯人か調べました。月明りのなかで、その男の顔も見ていますからね。

休みを取って、東京にもいきました。そして、とうとう、あなたを見つけたんですよ。三浦信彦さん。

警察にいおうとも思いましたが、やめました。

犯人も殺された人間も、龍神村の者じゃありません。いってみれば、他所者です。

それに、私は、お金がほしいのです。今、三十五歳で、まだ、独身なのに、金がないから、嫁さんのきてがないのです。

だから、金がほしい。それに、龍神村で『上御殿』のような旅館もやってみたい。

それで、あなたに相談ですが、取りあえず、一千万円、現金でくれませんか。刑務所行を考えれば、安いものだと思いますよ。

九月十日の午後八時に、例の天誅倉の裏で、お待ちしています。

一千万、持ってきて下さい。駄目なときは、仕方がありません。義務を果たすために、一一〇番しますよ。

和歌山県日高郡龍神村　根本竜次《ねもとりゅうじ》
三浦信彦様
〉

読んでいる途中で、三浦信彦の顔が、引きつっていった。

カレンダーに目をやる。今日は、九月八日だ。あと二日しかない。

「お帰りなさい」

と、妻が、子供をあやしながら、三浦信彦に、笑顔を向けてくる。

三浦信彦は、慌てて、手紙を背広のポケットに隠し、

「ああ、ただいま」

「顔色がよくないわ。風邪を引いたんじゃありません？」

「大丈夫だ。それより、十日に、急用ができたので、出かける」

と、三浦信彦は、いった。

「どこへいらっしゃるんです？」

「関西だ。なに、その日のうちに帰ってくるよ」

と、三浦信彦は、いった。

二日後の九月十日。三浦信彦は、羽田から、午前八時五五分発の飛行機で、南紀白浜に飛んだ。

時間を調整して、タクシーで、龍神温泉に向かった。

吊り橋の近くで、タクシーを降り、三浦信彦は、懐中電灯を持ち、ボストンバッグを提げて、暗いなかを、天誅倉に向かって、歩いていった。

気温は低いが、三浦信彦は、寒さを感じていなかった。

天誅倉に着く。

懐中電灯を消して、周囲を見回した。

その瞬間、いきなり、懐中電灯の光芒が、三浦信彦の顔に、当たった。

三浦信彦は、顔を、そむけた。

相手は、すぐ、懐中電灯を下に向けた。

「ああ、すいません。三浦さんだと確かめたくてね」

と、男の声が、いう。

「根本さんか?」

三浦信彦が、きいた。

「そうです。龍神村の消防団員の根本です」

「警察には、何も喋っていないんだろうね?」

と、三浦信彦は、きいた。

「何も喋ってません。ああ、日高川を探して、この写真集を見つけましたよ。あなたが、何で、こんな立派な本を、日高川に捨てたのかわかりませんがね。警察に持っていけばわかると思ったけど、一千万円のお礼に、差しあげますよ」

男は、二冊の写真集を差し出した。

三浦信彦は、それを、摑み取る。

「お金は、持ってきてくれたんでしょうね？」

と、相手が、いう。

「ああ、これだ」

三浦信彦は、手に提げていたボストンバッグを、男に渡した。

もちろん、一千万円など入っていない。雑誌を入れてあるだけだった。

「一応、確認させてもらいますよ。こっちも、へたをすると、背後《うしろ》に手が回るようなことをしてるんだから」

男は、三浦信彦に背を向け、しゃがみこんで、ボストンバッグを開けにかかった。

三浦信彦は、ポケットに忍ばせておいたナイフを取り出して、思い切り、男の背中に、突き刺した。

だが、刺さらない！

「馬鹿！　背中に、鉄板をしょってるんだ！」

と、男が、怒鳴った。

呆然とする三浦信彦に向かって、

「殺人未遂容疑で、緊急逮捕!」

と、相手が、叫んだ。

三浦信彦が、ナイフを投げつけようとすると、そこに、別の男が、立ち塞がった。

「観念しろや!」

と、その男が、落ち着いた声で、いった。

「カメさん、手錠!」

と、十津川が、大声で、いった。

12

三浦信彦は、手錠をかけられ、吊り橋の袂《たもと》まで、連行された。

そこには、いつの間にか和歌山県警のパトカーが、駐まっていた。

運ばれたのは、田辺警察署だった。

そこで、まず、伊豆熱川での殺しについて、尋問された。

「君の殺した早川順さんだがね。彼は、いろいろと道楽があってね。ビデオのダビングも、その一つだったんだ。君が、彼から強奪したテープだが、その前に、ダビングして、主な友人に、送っていたんだよ」

と、十津川は、米村宛てに送られたテープと、手紙を三浦信彦の前に置いた。

三浦信彦が、黙っていると、十津川は、

「早川さんは、旅館で、営業を担当していた。予約などで、あとで、間違いがあっては困るので、電話機に、テープレコーダーを接続しておいて、外からかかると、自動的に、録音する仕かけになっていたんだ。当然、君が、外からかけて、早川さんを誘い出した電話も、録音されていたんだよ。声紋を調べれば、君だとわかる。早川さんを、殺したんだろう？　ビデオテープを奪うためにだ」

と、十津川は、いった。

三浦信彦は、罠にかかって、逮捕されたことに、動転してしまい、促されるままに、

「早川さんを殺しました」

と、答えてしまった。一つの殺人を認めてしまうと、あとは、止められなかった。

去年の三月二十日に、坂田はるかを殺したことも、今年の八月二十一日の夜、

坂田匡を殺したことも、あっさり認めた。

「なぜ、坂田はるかを殺したんだ？　写真で見ると、美しく、魅力的な女性じゃないか」

と、十津川が、きいた。

「そうです。魅力的です。いや、魅力的でした」

と、三浦信彦は、いった。

「学長の娘が、妊娠してしまったので、結婚しないわけにはいかなくなり、坂田はるかを、殺したのか？」

「そうです。彼女が、わかってくれていたら、殺さずにすんだんです」

と、三浦信彦は、いった。

「わかってくれたらって、何のことだ？」

「彼女は、聡明です。だから、話せば、納得して、わかれてくれると思ったんです」

「勝手ないい分だな」

「ところが、女は女でした。普通の女以上に、感情的なんです。参りました」

と、三浦信彦が、いった。

「参りましたとは、何だ！　馬鹿なことをいうな！」

と、亀井が、怒鳴った。

だが、三浦信彦は、小さく肩をすくめて、

「女の聡明さなんて、当てにならないとわかりましたよ」

「学長の娘とわかれて、坂田はるかと結婚することは考えなかったのかね？」

十津川が、きくと、三浦信彦は、眉を寄せて、

「そんなことは、できませんよ」

「なぜ、できないんだ？」

「そんなことをしたら、学長に睨まれて、教授にはなれなくなりますよ」

と、三浦信彦は、いった。

「それでもいいじゃないか。好きな女と一緒になれるんなら」

と、亀井が、いった。

三浦信彦は、また、肩をすくめて、

「好きな女と一緒になっても、教授になれなかったら、どうするんです？」

「そんなに、教授の椅子って、ほしいのかね？」

十津川が、首をかしげると、三浦信彦は、相手の無知を笑うように、

「K大の教授ですよ！」

と、強い声で、いった。

13

「あの見幕には、驚きましたね」

あとの尋問を、県警に任せて、廊下に出てから、亀井が、十津川に、いった。

「K大の教授か」

「まるで、神さまにでもなるようないい方でしたね」

「そうなのかもしれない。われわれには、わからないがね」

「むかつきました」

と、亀井は、いった。

「龍神村へいって、鮎でも釣るかね？」

「え？」

「今すぐじゃないさ。いつか、閑《ひま》ができたら、静かな龍神村へいって、日高川の清流で、鮎を釣ってみたいなと、思ったんだよ」

と、十津川は、いった。

「確かに、静かないいところですが」

「殺された坂田匡だがねえ」

「ええ」

「娘の敵を討とうと、釣りを始めた。特に、鮎の友釣りをね」

「そうです。親というのは、大変なものです」

「だが、犯人を見つけたいためだけに、釣りをやっていたんだろうか？」

と、十津川が、いう。

「そのとおり、犯人を見つけるために、鮎釣りをやり、とうとう、犯人を見つけたんじゃありませんか」

「それは、そうなんだが、清流に、竿を振ってるとき、まったく、楽しくなかったとは、思えないんだよ。結構、楽しかったんじゃないかな」

「まあ、そんなこともあるかと思いますが――」

「坂田は、定年間際で、何の趣味もなかった。最初の目的は、違っていても、坂田は、やっと、一つの趣味を見つけ出した」

「警部。何か変ですよ」

「私も、無趣味でね」

「私も、同じです」

「急に、何か、趣味を持ちたくなった」

「それで、龍神村へいって、鮎の友釣りですか？」

「どうだい？　カメさん。いつかいこうじゃないか」

十津川は、彼には珍しく、しつこく、いった。

長良川殺人事件

1

十一月に入ると、長良川《ながらがわ》に、静けさが戻ってくる。十月十五日で、五月十一日から続いた鵜飼《うかい》が終わるからである。

長良川には、現在、六つの鵜匠《うしょう》の家系があり、ひとつの家系からひとりの鵜匠ということで、鵜匠の数も、六人である。その多くが、副業を持っている。

例えば、杉山《すぎやま》家は、長良川温泉のなかに、ホテル〈すぎ山〉を経営しているし、山下《やました》家の現在の鵜匠、山下純司《じゅんじ》は、そのものずばりの〈鵜〉という喫茶店のオーナーである。

この喫茶店は、長良川沿いにあり、店内から、鵜小屋が見える。喫茶店としては珍しく、ぜんざい、ぞうに、鵜ぞうすい、などが置いてあって、美味しいが、そうしたものより、オーナーのお喋りが、ご馳走だという人もいる。

昭和十四年生まれの山下鵜匠は、とにかく話好きで、余裕があれば、講演のために東京にも出かけていく。店にきた客にきかれれば、鵜飼の歴史を、一時間でも、二時間でも、話す。

相手が若者で、危なっかしいなと感じたりすると、お説教が始まってしまう。黙っていられないのだ。

例えば、こんなふうである。

私の家には、今、鵜が二十四羽いる。それぞれ、全部、個性がある。だから、人間も、ひとりひとり、個性を大事にしなければいけない。私は、ひとり息子だから、生まれた時から、鵜匠になることが決められてしまっている。その点、君は、好きなものになれるんだから、幸せじゃないか。

鵜匠の生活も変わってきたが、鵜は、昔も今も、自然界で生きている海鵜を捕まえてくる。つまり、千数百年前の人たちが使っていた鵜と同じものを、今も使っている。だから、われわれが鵜飼を教えるのではなく、鵜が本来の鵜飼の姿を教え示してくれるのだ。

自然との共生とよくいうが、自然からわれわれが、学ばなければならない。自然に、手を加えてはいけない。

長良川だってそうだ。時々、中和剤など入れて、綺麗な川にしているが、少し濁った本来の川のほうが、魚はよく育つ。人間だって同じだ。エトセトラ。

「若い人たちが、私の話をきいたあと、前より、少しでもよい表情になってくれたら嬉しいんだよ」

と、いい、喫茶店のオーナー山下鵜匠は、大きな声で楽しそうに笑う。

山下鵜匠は、ちょっとした有名人で、今や、観光案内にも写真入りで載るようになった。

ある観光案内には、山下鵜匠の談話が、載っている。

「鵜飼の話がいつの間にか人生の話になって、一時間、二時間、あっという間に経ってしまいます。年輩の方も若い女性も同じように真剣な目で、きいて、感心して、語り返してくれる。鵜飼を通して人と人が出会いわかれる。長良川は、そんな場面が似合う川なんです」

だが、人と人が出会いわかれるだけではないケースも、時には起きるのだ。

十一月五日の朝、その男女は、死体で、長良川に浮かんで発見された。

2

長良川にかかる橋は、いくつかあるが、鵜飼のおこなわれる場所の近くにあるのが、長良橋である。

橋の袂《たもと》には、木造の旅館ふうな観覧船待合所があり、その横には、長良川艶歌《えんか》の歌碑が立っている。歌詞のなかに「こころまかせの鵜飼い舟」とあるので、ここに立てたのだろうが、何となく、場違いな感じを受ける。

このあたり、川は、二股になっていて、屋形船が、何艘も並べて、繋がれている。ひときわ大きいのは、なかで食事がとれ、雪見にも使われる風流《ふうりゅう》屋形船である。

風を受けて、小さくゆれるこの屋形船の傍の水面に、二人の死体が、浮かんでいた。

男は二十七、八歳前後、女は、二十二、三歳といったところか。

二人の腕が、紐で、結ばれている。

警官たちが、二人の死体を、コンクリートの岸に引き揚げた。

「こんな若いくせに、簡単に死にやがって」

と、警官のひとりが、舌打ちした。

「若いから、死ねるのさ」

と、年輩の警官が、いう。

岸の上には、死んだ二人のものと思われるハンドバッグと、ショルダーバッグが、並べて置いてあった。

警官は、まず、ハンドバッグから調べてみた。今はやりのグッチのバンブーバッグで、なかには、化粧道具やハンカチ、財布などと一緒に、運転免許証も入っていた。

その免許証によれば、女の名前は、北原麻里《きたはらまり》、二十二歳、東京の住所だった。

男物のショルダーバッグにも、運転免許証が入っていた。男の名前は、木村真二《きむらしんじ》、二十九歳、彼も、東京の人間だった。

ほかに、AFカメラも見つかった。三十六枚撮りのフィルムが入っていたが、数字が1になっているから、まだ、一枚も撮らずに、死んでしまったのだろう。

男の財布は、ブルゾンの内ポケットから見つかった。中身は、一万円札十五枚と、千円札三枚。

女の財布には、十六万円。どちらも、盗まれずに、見つかった。

心中は、ほぼ、間違いないとなったが、岐阜《ぎふ》県警は、念のために、二人の死体を司法解剖に回すと共に、警視庁に、二人のことを調べてくれるように、要請した。

3

警視庁捜査一課では、十津川が、西本と日下の二人の刑事に、北原麻里と、木村真二のことを調べさせることにした。

岐阜県警の話では、心中と思われるが、念のためということだった。

西本と日下は、まず、二人の住所に出かけた。

北原麻里は、杉並《すぎなみ》区高井戸《たかいど》のマンションに住み、管理人の話では、新橋《しんばし》の高木《たかぎ》法律事務所で働いていたということだった。

木村真二のほうは、調布《ちょうふ》市のマンション住いだが、北原麻里と同じ新橋の高木法律事務所で、働いていた。

二人の刑事は、その話で、新橋に回った。

高木法律事務所は、JR新橋駅近くの雑居ビルの四階にあった。

所長の高木弁護士のほかに、六人の弁護士がいる中堅の法律事務所である。

麻里は、そこで、事務員をやっていた。木村のほうは、弁護士の見習いといったところだったらしい。

西本と日下は、所長の高木に会って、二人のことをきいた。

「今、二人が、岐阜で死んだときいて、驚いていたところです」

と、高木は、いった。

「二人が、岐阜にいっていることは、ご存じでしたか？」

と、西本が、きいた。

「二人は十一月三日から三日間の休暇をとっていましたから、揃って、旅行にでもいくんだろうとは、思っていましたが、行き先が、岐阜だというのは、しりませんでした」

「二人は、恋人同士だったんですか？」

「そうだったようです」

「二人は、心中するような気配はありましたか？」

日下が、きいた。

「心中だったんですか？」

高木が、驚いた顔になると、近くにいた五十歳くらいの男が、

「気配はありましたね」

と、いった。

「田口《たぐち》君、君は、何かしってるのか？」

　高木が、その男にきく。

「なんでも、北原君の母親が、病気勝ちで、早く帰ってこいといわれて、悩んでいたようです」

「北原君の郷里は、確か岐阜の美濃加茂《みのかも》市だったね？」

「そうです。彼女、父親がいなくて、郷里には、母親と、弟がいるだけで、その母親が、病気勝ちだったようです。美濃加茂に帰ったら、木村君と一緒になれない。それで、悩んでいたんだと思います」

「君は、相談を受けたことがあるのか？」

「それらしい話を、木村君のほうからきいたことがあります」

　と、田口弁護士は、いった。

「木村真二さんというのは、どういう青年だったんですか？」

　と、日下は、高木に、きいた。

「いい青年ですよ。少し、気が弱いところがありますが」

　と、高木がいい、田口は、

「彼は、優しいから、北原君に同情して、一緒に死んでしまったんじゃないかな」

と、いった。

「それにしても、死ぬ前に、なぜ、僕に相談してくれなかったのかねえ」

高木所長は、小さく溜息をついた。

「木村さんは、何か事件を抱えていたんですか？」

と、西本が、きいた。

「いや、彼は、まだ、アシスタントとして働いていたところですから、ひとりで、事件を受け持つということは、ありませんでした」

と、高木が、いった。

「木村さんと、北原麻里さんですが、今きいたことのほかに、何か、悩んでいたことはありませんでしたか？　借金とかで」

これは、日下が、きいた。

「借金は、二人ともなかったと思いますよ。木村君にしても、真面目で、酒もほとんど飲まないし、ギャンブルもやりませんでしたからね。その真面目さが、北原君とのことで、思いつめる結果になってしまったのかもしれませんが――」

高木所長がいうと、田口が、笑って、

「僕みたいに、遊び好きなほうが、思いつめなくていいんですよ」

と、いった。

西本と日下は、帰って、そのままを十津川に報告し、FAXで、岐阜県警に、しらせることにした。

4

岐阜県警では、二人の司法解剖の結果が出ていた。

死因は、溺死。死亡推定時刻は、十一月四日の午後十時から十一時の間と報告された。

その報告に、県警の土居警部が目を通しているところへ、警視庁から、FAXが送られてきた。

土居は、FAXを読むと、部下の吉田刑事に、それを回した。

吉田は、目を通したあと、土居に、

「どうやら、これで、心中と決まりましたね」

「女のほうは、美濃加茂市が、郷里だったんだ」

「岐阜まではは男ときたが、美濃加茂市に帰ってしまえば、東京に戻れない。そうなると、男ともわかれなければならない。それで、悩んだ末、男と心中したということじゃありませんか」

「筋は、通るな」

「ほかに考えようがありませんよ。女のほうは、今どき珍しく、優しい心の持ち主なので、郷里に帰って、病身の母親の面倒を見るか、東京に残って、男と一緒になるか、悩んだんでしょう。それで、男と心中してしまった――」

「今どき、少し、純情すぎる気もするがねえ」

「意外に、今の若者は、純真ですよ」

と、吉田は、いった。

「男のほうは、女に引きずられて、一緒に死んだということかな」

「そうでしょう。たいてい、いざとなると、女のほうがきっぱりしていて、男は、引きずられてしまうもんです」

と、吉田は、いった。

最近、近くの大垣《おおがき》でも、心中事件があった。今はやりの不倫で、女に引きずられて、男は、心中してしまったのである。

「二人は、三日は、どこへ泊まったのかな？」

と、土居警部は、呟いた。

「心中なら、三日から四日にかけての行動は、あまり、考えなくてもいいんじゃありませんか？」

と、吉田が、いう。

「そうだろうが、二人は、十一月三日から、三日間、休暇をとってるんだ。だから、前日の三日に岐阜に着いていると思う。まあ、念のために、岐阜のどこに泊まったか、調べてみよう」

と、土居は、いった。

土居は、慎重な男だった。慎重すぎて、決断力に欠けるという評判があるくらいである。

彼の指示で、二人が三日に泊まった旅館を捜している間に、二人の家族が、岐阜県警に駆けつけた。

北原麻里の場合は、病身の母親に代わって、弟で、大学に入ったばかりの北原誠《まこと》が、やってきた。

木村真二のほうは、北海道《ほっかいどう》から、まだ元気な両親が、駆けつけた。

また、二人が働いていた高木法律事務所からは、高木所長が、やってきた。

麻里の弟は、県警の吉田刑事の質問に答えて、

「うちの母は、慢性の心臓病ですが、姉に、だからといって、早く帰ってきてくれなどと、絶対にいわないんです」

「生活に困っているという話もききましたが」

と、吉田刑事は、無遠慮にきいた。

「楽じゃありませんが、亡くなった親父の遺産も少しはありますし、僕も、アルバイトで、学費を稼いでいますから、困っているということは、ありません」

「とすると、姉さんは、自分ひとりで、悩んでいたということですかね？」

「姉は、優しい人でしたから」

と、弟の誠は、いった。

高木所長は、沈痛な表情で、

「二人が悩んでいたのなら、所長の私に相談してくれていたらと思い、それだけが、残念です」

と、土居警部に、いった。

土居は、まだ、心中と断定できずにいたが、マスコミのほうは、もう断定して

いて、新聞やテレビには「心中」の文字が、躍《おど》った。

〈今どき純情なカップル〉

〈長良川心中事件〉

こうした文字が、紙面を賑《にぎ》わした。

二人の泊まったホテルがわかった。長良川温泉のなかにある〈すぎ山〉である。

間違いなく、十一月三日の宿泊カードに、二人の名前があった。

吉田刑事は、フロント係から、二人のことをきいた。

「三日の午後二時頃に、チェックインされました。別に、変わったご様子はありませんでしたので、心中されたときいて、びっくりしております」

と、フロント係は、いった。

「四日は、何時頃、チェックアウトしたんですか？」

「正午少し前でした」

「その時の様子は、どうでした？」

「その時も、別に、変わった様子はありませんでした。私は、そう思いました。

普通の観光客の感じで『鵜』という喫茶店へいってみたいといわれたので、場所をお教えしました」

「山下さんがやってる喫茶店のことを？」

「はい」

「間違いありませんね？」

「間違いありません。いかれたかどうかは、わかりませんが」

と、フロント係は、いった。

吉田刑事は、携帯電話で、土居警部に、そのことをしらせると、

「『鵜』にいってみよう。向こうで、落ち合うことにする」

と、土居は、いった。

二人の刑事は、喫茶店〈鵜〉で、落ち合った。

土居も、吉田も、何回かこの喫茶店にきたことがある。

なかでも、土居のほうは、オーナーの山下の、ちょっとしたファンでもあった。

甘いものの好きな土居は、ここへくるといつも決まって、自家製プリンを注文する。

プリンを食べ、コーヒーを飲みながら、オーナーの話をきく。

正確にいうと、オーナーの山下が、客と話をしているのをきいているのが、楽しいのだ。

もっといえば、山下の話が、いつの間にか、お説教調になっていくとき、それをきいている客の反応を見ているのが、楽しいのである。

今日も、山下は、若いカップルの客を相手に、話しこんでいる。

土居は、自家製プリンとコーヒーを注文し、吉田刑事は、お腹が空《す》いているといって、ぞうにを頼んだ。

そのあと、山下と客との話が一段落したところで、土居が、声をかけ、山下に、北原麻里と、木村真二、二人の写真を見せた。

「この二人が、四日に、ここへきたと、思うんですがね？」

「ああ、きたよ」

と、山下は、あっさりうなずいた。

「そのあと、二人は、長良川に身を投げて、死んでいるんです」

「そうなんだってねえ。びっくりしているんだ」

「山下さん。この二人と、話をしましたか？」

「ああ。話をしたよ」

「どんな話をしたんです？」

「最初は、鵜飼の話をしていた。男のほうが、興味があるらしくてね。そのうちに、女性のほうに、悩みがあるみたいでね。彼女の実家は、美濃加茂だとわかった」

「母親がいるんです」

「うん。そういっていた。その母親が病身なので心配だ。郷里へ帰って、一緒に暮らしてやりたいが、東京の仕事にも、未練がある。彼のこともあるんだろう。そんな悩みを口にしたんでね。僕もつい――」

「山下さん得意の人生論になったわけだ」

土居がいうと、山下は、笑って、

「別に、得意というわけじゃないが、何とか、僕なりに、助言してやりたくなってね」

「何といったんです？」

「君の考えは、正しいようで、正しくないといってやった」

「どういうことです？」

「僕はね、この世の中で一番好きなのは、子供に対する母親の愛情なんだよ。最近のいいかげんな母親は別だがね。本来の母親の愛情ほど、無私な愛はない。自分のことなんか考えない。子供の幸福だけを考える、至高の愛だよ」

「母の愛ですか」

「美濃加茂にいるお母さんだって、きっと、あなたの幸福だけを考えているはずだと、いってやった。あなたが幸福なら、お母さんは、何よりも嬉しいんだ。もし、あなたが自分の幸せを犠牲にして、お母さんの傍にいてやったとしても、お母さんは、ぜんぜん喜ばない。それが母親というものだよ。それに、病身だといっても、入院しているわけでもないんだし、大学一年生の弟さんだって、いるんだ。それなら、あなた自身の幸福だけを考えなさい。そのことが、お母さんには、一番嬉しいんだからとね」

「山下さん得意のお説教も、無駄だったみたいですね。その日の夜、二人は、長良川に、飛びこんでしまったんですから」

吉田刑事が、皮肉な目つきで、いう。

「お説教じゃない。僕は、母親の愛情について、喋っただけだ。僕の母親も同じだったからね。普通の母親のことを、話したんだよ」

と、山下は、いった。

「その時、北原麻里は、納得したんですか？」

土居が、きいた。

「にっこり笑って、わかりましたと、いっていたんだがねえ」

山下は、首をかしげた。

「男のほう、木村真二のほうは、どうでした？」

「彼には、別の悩みがあるみたいだったが、黙っていたな」

「女は、にっこりして、わかりましたといったんでしょう。それなのに、なぜ、そのあとで、心中したんですかね？」

「僕にだって、わからないよ。こういうことがあると、ひたすら、世の無常みたいなものを、感じてしまうね」

山下は、憮然とした表情で、いった。

5

「あの山下さんですがねえ」

店を出てから、吉田が、いった。

「なんだ？」

「話好きですが、いうことが、古いんじゃありませんか？　だから、若い二人には、通じなかった」

吉田は、したり顔でいう。

土居は、眉をひそめて、

「私は、そう思っていないよ。親子の愛情に、古いも新しいもないだろう」

「でも、二人は、心中してしまったんでしょう？」

「そこがわからないんだよ。警視庁からの報告では、男も女も、真面目な性格だというんだ。だから、山下さんの話を、茶化《ちゃか》してきいていたとは、思えない。にっこりして、わかりましたと、女がいったのは、本当に、納得したんだと思う」

「しかし、結果的に、二人は、心中したんです。やはり、山下さんのお説教は、時代後れで、若い二人を、納得させられなかったのと違いますか」

と、吉田は、いう。

「私は、そうは思わないんだがねえ」

土居は、署へもどるまで、首をかしげていた。

しかし、北原麻里と木村真二の二人が、四日の夜、長良川で死んだことは、動かしがたい事実である。

それに、北原麻里が、悩みを抱えていたこともなのだ。

「結局、この事件は、心中と考えざるを得ないんじゃないかね？」

県警本部長も、土居に向かって、いった。

「かもしれません」

「殺人の証拠は、何もないんだろう？」

「今のところ、ありません」

「じゃあ、決まった。今日中に、捜査本部は解散だ。明日、二人の遺体は、茶毘《だび》に付して、遺骨は、それぞれの家族に渡すことにする」

と、県警本部長は、いった。

その日の夕方、土居は、もう一度、喫茶店〈鵜〉へ顔を出した。

珍しく、客の姿がない。

土居は、オーナーの山下と向かい合って、コーヒーを飲んだ。

山下も、コーヒーを口にしながら、

「元気がないねえ」

「事件は、心中ということで、決着です」

「土居さんは、それに不満なのか？」

「何となく、納得がいかなくてね」

「でも、心中なんだから、仕方がないだろう。家族は、きているの？」

「ええ。明日、二人の遺体は、ここで荼毘に付され、遺骨は、家族に渡されます」

「それなら、写真も渡したら、喜ばれるんじゃないかな」

と、山下がいった。

とたんに、土居の表情が、険しくなった。

「ちょっと待って下さいよ、山下さん」

「何だい？　怖い顔をして」

「写真って、何です？」

「何ですって、写真だよ。ここで撮った写真さ」

「ここで、写真を撮ったんですか？」

「いやだな。そういう顔を、親の敵に会ったみたいな顔っていうんだよ」

「写真は、誰が、撮ったんですか？」

「あの二人だよ。記念に、写真を撮らせて下さいといって、僕と一緒に、五、六枚撮ったはずだよ」

「間違いありませんか？」

「こんなことで、嘘をいったって、仕方がないだろう」

「そうですか。写真を撮ったんですか」

「何を感心してるんだ？」

「その写真が、ないんです」

土居は、にやりとして、いった。

「何を喜んでるんだ？」

「ですから、二人の遺品のなかに、カメラはありましたが、フィルムは、1になっているんです。つまり、一枚も、撮ってないことになっているんですよ」

「そんな馬鹿なことがあるか。三人で撮ったんだ。カメラに向かって、にっこり笑ってさ」

「山下さんの言葉を信じますよ。あなたの話で、北原麻里が、にっこりして、わかりましたといったというのも、信じますよ」

「さっきは、信じてなかったみたいだがねえ。あの若い刑事は、僕の人生論は、古くさいといいたいような顔をしていた」

「あの男は、馬鹿なんです」

土居は、機嫌よく、微笑した。

「しかし、肝心の写真がないというのは、どういうことなんだ？」

と、山下が、きく。

「これから心中する人間が、わざわざ、今までに撮ったフィルムを捨てて、新しいフィルムを入れてから死ぬなんて、そんな馬鹿なことをするはずがありませんん」

「そりゃあ、当たり前だ」

「だから、誰かが、その作業をやったんです」

「なぜ、そんなことをしたんだ？」

「たぶん、山下さんと一緒に、にっこり笑っている写真が公になると、困る人間がいたんでしょう」

と、土居は、いった。

6

事態は、急変した。

二人の死は、心中ではなく、他殺《ころし》の可能性が出てきたからである。

捜査本部が復活し、もう一度、警視庁に捜査依頼が出された。

その依頼を受けて、警視庁捜査一課にも、緊張が流れた。

ちょうど、その時、十津川と、彼の部下の刑事たちは、前日に起きた、奇妙な事件を追っていたからである。

奇妙なというのは、その事件が、長良川の事件に、よく似ていたからである。

杉並区阿佐谷《あさがや》三丁目のマンションで、男女が、服毒死した事件だった。一見、青酸カリによる心中に見えるのだが、十津川が引っかかったのは、男のほうが、高木法律事務所の小林肇《こばやしはじめ》という若い弁護士だったことである。

女は、六本木《ろっぽんぎ》のクラブの二十歳のホステスだった。二人の間に、関係があったかどうかはまだわからないが、女の部屋で、二人が死んでいたことは、まぎれもない事実である。

こうした折の、岐阜県警からの新しい協力要請だった。

向こうの県警でも、急変が起きたらしいが、杉並警察署でも、岐阜県警からの新しい連絡は、衝撃になった。

阿佐谷の事件は、自殺、他殺の判断がつかず、捜査本部を設けることも、躊躇《ためら》われていたのだが、急遽、捜査本部が、設置された。

東京の事件は、岐阜長良川の事件と、連動して起きたと思われたからである。

そうだとすると、岐阜の事件が他殺なら、東京の事件も他殺の可能性が、強くなってくるのだ。

十津川たちは、改めて、事件を考えることになった。

死んだホステスの名前は、楠《くすのき》美雪《みゆき》。ホステスになって、六カ月の女だった。

十津川と、亀井は、2DKの彼女の部屋にいた。

二人の死体は、すでに、司法解剖のために、運び出されている。

キングサイズのベッドの上で、二人は、折り重なって、死んでいた。枕元の円形のテーブルの上には、缶ビールが二本空になっており、二つのグラスには、青酸カリの混入されたビールが、三分の一ほど残っていた。

ほかに、青酸カリの入った小さなガラス瓶。

それを、そのまま受け取れば、二人は、青酸カリをビールに入れて飲み、心中したことになる。

だが、殺人の疑いが出てきた。

小林は、上衣を脱ぎ、ワイシャツ姿だった。

楠美雪は、ネグリジェ姿。

「とにかく、ひとつの法律事務所で、そこの人間が、続けて三人も死ぬなんて、異常ですよ」

と、亀井が、いった。

「もう一度、あの法律事務所にいってみる必要があるな」

と、十津川も、応じた。

十津川は、三田村と北条早苗の二人には、ホステスの楠美雪のことを調べるように命じておいて、自分は、亀井と二人で、高木法律事務所を訪ねた。

所長の高木は、ちょうど、岐阜から帰ってきたところだった。

高木は、十津川に対して、

「小林君にしても、木村君、それに、事務の北原麻里君でも、仕事上のことはしっていますが、プライベイトのことは、干渉しない方針なので、三人が、仕事以外で何をしようと、私は、何もしらんのです」

と、いった。

「この事務所には、何人の弁護士がいるんですか？」

「六人です。それに、事務員がひとり」

と、高木はいい、名簿を見せてくれた。

所長　高木良三《りようぞう》（60歳）弁護士
田口　清《きよし》（51歳）弁護士
広沢泉一《ひろさわせんいち》（48歳）弁護士
中西《なかにし》　啓《けい》（38歳）弁護士
小林　肇（30歳）弁護士
木村真二（29歳）助手
北原麻里（22歳）事務員

「このうち、三人も続けて亡くなるというのは、異常とは考えませんか？　しかも、殺人の可能性が出ているのですよ」

と、十津川は、いった。

「しかし、刑事さん。木村君と北原君についていえば、二人は、三日間の休暇を取って、岐阜にいったんです。この法律事務所には、関係のないところで死んでいるんです。私は、二人が愛し合っていて、心中しても、事務所とは関係ないと、申しあげるしかありません」

「心中ではなく、他殺です。岐阜県警は、殺人として、捜査を始めることになっています」

十津川が、いうと、高木は小さく肩をすくめて、

「そうですか。私が向こうにいたときは、心中事件ということになっていましたからね。まあ、殺人でも、とにかく、休暇中の事件ですから、事務所とは関係がありませんよ」

「小林さんのことも、同じ意見ですか？」

と、亀井が、きいた。

「小林君は、旅行に出ていたわけじゃありませんが、仕事中のことでもありません。勤務外ということです。彼が、若いホステスとつき合っていたことも、私は、しりませんでした」

「小林さんは、どういう人でしたか？」

十津川が、きいた。

「優秀な人材でしたよ。まだ、実務の経験は浅いが、将来有望と考え、期待していました。ただ、若くて、独身だし、なかなかの美男子ですからね。女性関係で、心配だなとは、思っていたんですが」

「楠美雪という女性のことは、ご存じでしたか？」

「今もいったように、小林君のプライベイトなことは、何もしりませんよ」

と、高木は、いった。

「小林さんが仕事のことで、何か悩んでいたとか、怯えていたということは、ありませんでしたか？」

「なかったと思いますね。悩むような事件は、まだ、担当させていませんから」

と、高木は、いう。

どうも、はっきりしない。十津川は、これ以上、高木に話をきくのを諦め、亀井と、同業の弁護士に会うことにした。高木法律事務所の評判をきくためだった。

一匹狼で、時々、テレビにも出演している浜田《はまだ》という弁護士を、中野《なかの》の事務所に、訪ねた。

十津川の質問に、浜田は、笑って、

「あの事務所は、儲かっているんじゃないかな」

「儲かっているんですか」

「弁護士ってのはね、十津川さん。ひとつのモットーに徹して仕事をすれば、必ず、儲かるんです」

「どんなモットーです？」

「弱い、貧しい人間の弁護は、引き受けない。強くて、金持ちの弁護だけを引き受ける」

「なるほど、高木法律事務所は、そのモットーで、仕事をしているということですか？」

十津川が、きくと、浜田は、

「それが、犯罪というわけじゃありませんからね。弁護士にだって、仕事を選ぶ権利がある。特に、民事の場合は、そうです。金になる、いい仕事を選ぶのを、いけないというわけにはいかんでしょう」

「あなたは、高木法律事務所を見習いたいと思ったことは、あるんですか？」

と、十津川は、きいた。

「誘惑にかられることはありますよ。私だって、金持ちになりたいですからね。だが、高木法律事務所みたいに、徹底できない。なまじ、テレビで、正義の弁護士みたいに宣伝してしまっているんで、それらしい依頼人が、やってくるんですよ」

「つまり、金はないが、助けてくれという依頼者ですか？」

と、十津川がきくと、相手は、笑って、

「それに、どう見ても、勝てそうにない人間とかね。まあ、見栄みたいなものですかね。それとも、一度、正義を売りものにしてしまった報《むく》いですかね」

「高木法律事務所は、どの程度、徹底しているんですか？」

亀井が、きいた。

「あそこは、ひとりひとりの弁護士という感じではなくて、ひとつの組織という感じでしてね。組織として、徹底しているんです。だから、強い」

「強いんですか、高木法律事務所は？」

十津川が、浜田の言葉にこだわって、きいた。

「強いですよ。あそこの弁護士は、みんな優秀で、頭もいいし、きれる。つまり、法廷技術が巧みだということで、引き受けた事件は、たいてい勝っている」

「それは、勝てそうな事件だけを、引き受けているからじゃないんですか？」

と、十津川は、きいた。

「それを見極めるにも、才能がいるんですよ」

「あそこの人間が、続けて、三人死んでいるのはしっていますか？」

「しっていますよ」

「それを、どう思います？」

「困ったたな。私は、あそこの内情をしらないし、なぜ死んだか、いろいろ、事情があるだろうしね。若いから、心中しても、不思議はないと思いますよ。若い男女というのは、長い目で人生を見られないから、簡単に、自分で命を絶ってしまう」

「心中じゃないんです。殺人です」

十津川がいうと、浜田は、大きく目を見開いて、

「本当なんですか？　新聞には、長良川で、あそこの若い弁護士と女事務員が心中したと出ていたし、東京では、これも若手の弁護士が、クラブのホステスと心中した。まあ、よく心中するなとは、思っていたんだが、殺人《ころし》だったんですか？」

「そうです。長良川の事件も、杉並の事件も、殺人です」

「参ったな。どうなってるんだろう」

「異常だとは、思いませんか？」

「思うけど、肝心の向こうの高木所長は、どういってるんです？　彼に会われたんでしょう？」

「所員のプライベイトなことは、まったくしらないといわれてしまいましたよ」

「便利な言葉ですねえ」

「プライベイトなことは、しらないということがですか？」

「そうですよ。あそこはね、よく、高木一家と呼ばれることがあるんです。面倒みがいいということもあるし、所長が、所員を、丸ごと抱えこんでしまうともいわれるんです。高木所長が、親父で、田口という年輩の弁護士がいるんですが
――」

「しっています」

「その田口弁護士が、兄貴という感じの高木一家というか、高木一族というか、それで、結束が固いといわれるんですよ。それが、プライベイトなことは、しらないというのはねえ」

「不思議ですか?」

「まあ、高木法律事務所にも、いろいろと事情があるんでしょうがね」

と、浜田は、また笑った。

7

十津川は、大学時代の同窓で、中央新聞の社会部記者をやっている田島《たじま》に、新《しん》宿《じゅく》の喫茶店で会った。

「今度は、何をしりたいんだ?」

と、顔を見るなり、田島が、きいた。

「新橋にある高木法律事務所」

「ふーん」

田島が、鼻を鳴らす。

「何だい? ふーんというのは」

「相手は、手強いぞ」

「頭のいい弁護士が揃っていることは、しっている」

「それだけじゃない。高木法律事務所は、いくつかの大企業の顧問も引き受けている」

「なるほどね」

「本当に、わかってるのか？」

「何が？」

「いいか。大企業には、天下りしている元高級官僚がいる。当然、現役の高級官僚とも、結びついている。政治家もいる。つまり、高木法律事務所の背後《うしろ》には、そうした役人や政治家がいるということなんだよ」

「権力が、味方か」

「高木という男はね、野心家だ。その野心を実現するために、金と、権力が、必要だと思っている。だから、積極的に、その両方に近づいていったと、僕は、思っているよ」

「そのやり方は、成功しているのかね？」

「成功していると、見られているよ」

「高木所長の野心というのは、どんなことなんだろう？」

「高木帝国の建設かな」

「高木帝国？」

「アメリカには、優秀な弁護士が集まっているグループがあって、政・財界はもちろん、世論の形成にまで、影響力を持っている。ひとつの帝国だよ。高木が狙っているのは、そういうものだよ」

「日本を動かす力がほしいのか？」

「何かの雑誌だったか、新聞だったかに、彼が書いているのを見たことがあるんだ。確か、世論の形成という題だと思う。今まで、愚かな大衆が世論を形成するか、さもなければ、同じように愚かな指導者が、世論を作ってきた。しかし、これからは、賢明なグループが、世論を作っていくことになるだろうという趣旨だった」

「つまり、自分たちが、世論を形成していくことになるだろうというわけか？」

「そういいたいんだろう。そのためには、力と金が、必要だ。連中は、そう思っている。現実的でもあるわけだよ」

「そんなに、金になる事件があるのか？」

「たとえば、高木法律事務所は、ＮＫ建設という建設会社の事件を引き受けていた」

「NK建設といったら、大手じゃないか」

「だから、引き受けたんだろう」

「どんな事件だ？」

「NK建設が、神奈川《かながわ》県下の傾斜地を造成して建てた団地がある。眺望絶佳《ちようぼうぜつか》、格安、安全、が売りものだ。ところが、一昨年九月の台風で、その造成地が崩れたんだよ。新築の家屋が五軒潰れ、死者が、十二人出た」

「ああ、その事件ならしっている。確か、住民たちが、NK建設を告訴したんじゃなかったかな？　死人が出たのは、造成ミスだといって」

「そうだよ。その裁判の被告側の弁護を、高木法律事務所が引き受けている。もともと、あの事務所は、NK建設の顧問弁護士でもあるからね。こういう時に、会社のために働いて、大きな報酬を、手にしたいと思っているんだと思うよ」

「NK建設というのは、建設官僚の天下りが多かったね？」

「社長の天野《あまの》も、元建設省事務次官だし、幹部の多くが、元建設省の官僚だよ。それに、相談役は、元建設大臣だ」

「なるほどね。だが、今回の裁判に勝つのは、難しかったんじゃないのか。NK建設が造成した団地で、崖崩れがあって、家屋が潰れ、死者が十二人も出ているとなれば、NK建設の責任は、まぬがれないんじゃないか」

と、十津川は、いった。

「住民は、この裁判に勝つために、専門家を雇った。S大の仁科《にしな》教授で、地質学の専門家だ。仁科は、造成された土地を詳しく見て回った。特に、崩れた傾斜地をね」

「それで、その仁科教授は、どんな報告をしたんだ?」

と、十津川は、きいた。

「傾斜地を、NK建設は鉄筋コンクリートで固め、その上に、家を建てた。豪雨で、その傾斜地が崩れて、上の家が、崩れ落ちて崖下の家屋を潰し、そのために、死者が出たんだが、仁科教授が、鉄筋コンクリートで固めた斜面を調べたところ、鉄筋が入っていなかった」

「鉄筋が入ってなかった?」

「そうだ。鉄線《ワイヤー》が入っているだけだった。それに水抜きの管も、埋めこまれてなかったことがわかった。仁科教授によれば、この状態では、豪雨が何日も降り続けば、崩壊は当然だというんだ」

「それなら、当然住民側が、勝訴したんだろ?」

と、十津川は微笑して、きいた。

「ところが、敗訴した」

田島が、いった。

「なぜ？　高木法律事務所が、うまく、立ち回ったということか？」

「まあ、そうだ」

「しかし、鉄筋コンクリートだというのに、鉄筋が入ってなかったんだろう？　水抜きの管もない。不完全な造成をしたのは、NK建設なんだろう？　それで、どうして告訴した住民側が、負けたんだ？　そうか、予想もしなかった豪雨が、何日も続いたんだから、不可抗力《ふかこうりょく》という判決に、持ちこんだということか？」

と、十津川は、きいた。

「いや、そうじゃない。豪雨が何日も続いたことは確かだが、仁科教授は、コンクリートに鉄筋が入っていて、水抜きの管が埋めこんであれば、傾斜地の崩壊はなかっただろうと、証言している。同じような傾斜地でも、豪雨で、崖崩れがなかった箇所もあるんだ」

「じゃあ、どうしてNK建設は裁判に勝ったんだ？」

十津川は、首をかしげて、田島を見た。

「高木法律事務所が、法律の盲点を見つけ出したんだ」

「どんな盲点だ？」

「建築基準法というのがあって、それに合格すれば、建築が許可される」

「しってるよ」

「その建築基準法が、昭和四十七年に改正されているんだ」

「わかったよ。それ以前に造成し、建築した団地だから、不備な造成でも、責任はないということにしたんだろう？　人が死んでも、法律的には問題ない。よくあるやつだ」

「いや、その造成地は、昭和六十年にできたものなんだ」

と、田島は、いう。

「それなら、昭和四十七年に改正した厳しい基準に合格していなければ、法律違反になるんだろう？」

「もちろん、そうだ」

「当然、住民側が勝訴したんじゃないのか？　それとも、四十七年に改正した建築基準法もずさんなもので、鉄筋なしの鉄筋コンクリートでも、許可されてしまうものなのか？」

と、十津川は、腹立たしさをおさえて、きいた。

「それじゃあ、改正にならんだろう。細かく、厳格に基準をきめているから、NK建設が昭和六十年に造った団地は、不合格だよ」

と、田島は、いった。

「それなら、なぜ?」

「高木法律事務所は、昭和四十七年に改正された建築基準法の例外規定に、目をつけたんだよ。昭和四十七年以後は新しい建築基準が適用されるが、それ以前に建築が開始されたものは、四十七年以後も、それまでの法律が適用されるという例外規定だよ」

「しかし、その間に、十三年もたっているじゃないか? それでも、同一工事の延長と主張できるのか?」

「高木法律事務所は、そう主張して、勝訴してしまっているんだ」

「詳しく、話してくれ」

「NK建設は、問題の現場周辺で『NKランド』と称する一大住宅地を作る計画を立て、昭和四十三年頃から、建設を進めている。最初は、広大な畠を埋め立て、そこに住宅を作っていったから、問題はなかった。だが、売地が不足してくると、近くの山を削ったり、傾斜地を造成して、家を建てるようになったんだ。斜面をコンクリートで固め、その上に、家を建て、眺望絶佳を、売りものにしてね。そこが豪雨で崩れて、問題化しているんだよ」

「よく、建築が、許可されたね？」

「県が許可を与えるんだが、この許可申請にも、高木法律事務所が、関係しているんだ。この時も、これまでの住宅計画の延長として、県の許可を得ている」

「その時からの腐れ縁というわけか」

「まあ、そうだね。だから、高木法律事務所としては、なおさら、裁判には負けるわけにはいかなかったんだ。勝って、ほっとしているし、ＮＫ建設は、もし、敗訴した時には、何億、何十億の金を支払わなければならなかったから、高木に、感謝していると思うよ」

「しかし、十二人の犠牲者が、出ているんだろう？　それでも、裁判で、勝ったのか？」

十津川は、きいているだけで腹が立ってきて、自然に、険しい目つきになっていた。

田島は、手帳を取り出すと、そこに、崩壊した部分の絵を描いて、

「この新しく造成した傾斜地の上に、家が建っていたんだ。その家が二軒、下へ落下して、下の家を押し潰して、死者が出た。どちらも、もちろん、NK建設が建てた家だ」

「それなら、NK建設の責任になるんじゃないのか」

十津川がいうと、田島は、首を横に振って、

「そうならないところが、法律なんだな。今もいったように、造成については、昭和四十七年以前の建築基準法が適用されるから、崩壊について、NK建設には、責任がない。とすると、崖上の家が崩れて、下の家を潰したのは、上の家に住んでいた人間の責任になるんだ」

「どうして？」

「どうしてといわれても困るんだが、それが、法律というものなんだ」

と、田島は、いう。

「信じられないな」

「崖下に、落下するかもしれないとわかっていながら、崖上に住んでいたということで、そこの住人に、責任がいくということなんだろう。一刻も早く、危険な家は、処分しなければいけなかったということでね」

「しかし、その原因を作ったのは、NK建設のずさんな造成だったんだろう?」

「今もいったように、造成は、今の法律に照らせば違法だが、四十七年以前の法律が適用されるから合法で、NK建設には、責任がないことになるんだよ。たぶん、その頃には、危険な傾斜地にまで、家を建てるということは、考えられなかったんだと思う。だから、厳しい規定がなかったんだ」

と、田島は、いった。

「じゃあ、住民は、泣き寝入りか?」

「崩れた部分を修復するように、NK建設に要求はしているが、すでに、裁判は終わっているからね」

「高木法律事務所は、NK建設に、恩を売ったということか?」

「今もいったように、敗訴していれば、たぶん、何十億の損失があったと思うよ。全面的に工事をやり直さなければならなかったろうし、十二人の犠牲者への補償金も、支払わなければならなかったろうからね」

と、田島は、いった。

8

翌日、十津川と亀井は、問題の造成地を見に出かけた。

神奈川県R市の郊外である。

畠を潰し、周辺の山を削り取って作られた一大団地だった。

中央に広い公園があり、住人の集まる公共の建物や病院もあり、プールもあって、一見したところ、自然に恵まれた住みよい団地に見える。

駐車場も整い、スーパーマーケットも進出している。

「いいところじゃありませんか。小鳥のさえずりも、きこえてきますよ」

と、パトカーの窓を開けて、亀井が、いった。

「さすがに、NK建設が作った団地か」

「そうです」

「崩れた場所を見ても、そういえるかどうかが問題だな」

と、十津川は、いった。

パトカーを、奥へ向かってさらに走らせていくにつれて、生々しい崖崩れの現場が、見えてきた。

山の傾斜を、コンクリートで固め、その上に家を建てていて、傾斜地の一部が崩れ、二軒の家が、崖下に転げ落ち、下に建っている家を潰していた。

潰れた家は、青いテントで蔽《おお》われ〈立入厳禁〉の札が、立っていた。

斜面を固めたコンクリートは、遠くから見ると、城壁のように見えたが、近寄ると、ところどころに穴が開き、コンクリートは破片となって崩れ落ち、鉄線が、剝き出しになっていた。

NK建設のマークの入ったユンボやショベルカー、それに、ダンプカーが、崩したコンクリートを、運び出していた。

十津川と、亀井は、車から降りた。

コンクリートの斜面を眺め、手で触ったりしていると、作業員のひとりが、近づいてきて、

「あんたら、何してるんだ？」

と、詰問するように、声をかけてきた。

亀井が、黙って、警察手帳を見せた。

「なぜ、警視庁の刑事さんが、ここにきてるんですか？　ここは神奈川ですよ」

「東京で起きた事件の参考にね」

と、十津川が、いった。

相手は、狼狽した表情になり、同僚の作業員に、

「弁護士さんに、至急、きてもらってくれ！」

と、大声でいった。十津川は、苦笑して、

「高木法律事務所の弁護士を呼ぶのか？」

「弁護士がこないと、何も話せません」

「別に、あなたたちに、何かきこうとも思っていませんよ。ただ、見ているだけだ」

と、十津川は、いった。

二人は、コンクリートの壁に沿って、崖上にあがっていった。

崖の上には、崩れ落ちた二軒の家のほかにも、五軒の家が建っていた。

どの家も、崩落《ほうらく》の危険があるので、住民は避難して、空家になっている。

二人は、足元に気をつけながら、家の脇を抜け、ベランダのほうに回ってみた。そこに、簡単な鉄柵があり、そこが、コンクリートで固めた斜面になっている。

鉄柵に摑まって、下を見た。このあたりも、コンクリートに亀裂が入っていて、ずれが見られる。また一雨あれば、ここも、崩落するのではないか。

よく見ると、家全体が、傾いているのだ。

「眺望絶佳、空気よし――ですか」

と、亀井が、いう。

「それに、格安だから売れた。さすがNK建設だといわれたらしい」

「格安といったって、買った人は、一生の買物だったはずですよ。それが、こんなことになって、NK建設に何の責任もないというのは、どうしても、納得できませんね」

亀井が、腹立たしげに、いった。

「だが、法律上は、NK建設には責任はないらしい」

「しかし、道義上の責任は、あるでしょう？」

「われわれ刑事は、そこまでは、立ち入れないよ」

と、十津川は、いった。

しばらくして、シルバーメタリックのベンツが、駆けつけてきた。長身の男が降りてきて、まっすぐ十津川の前までくると、

「高木法律事務所の田口です」

と、いった。

「しっています」

と、十津川が応じた。相手は、にこりとして、

「それなら、話が早い。この団地には、何の問題もありません。桁外れの豪雨のために犠牲者が出たことは、悲しいことですが、NK建設には、何の責任もありません」

「法律的にはそうでも、道義上の責任はあるんじゃないですか?」

亀井が、嚙みつくように、いう。

田口は、また、微笑して、

「ですから、判決が出たので、NK建設は無償で、修復作業をおこなっているのです。これは、あくまでも、NK建設の善意です。それに、亡くなられた十二人の方々には、NK建設として、見舞金も出しています。これも、善意です」

「まるで、善意の押し売りですね」

思わず、十津川も、皮肉を口にした。

「どうせ、雀の涙というやつじゃないんですか」

と、亀井も、いった。

「しかし、一円も出さない企業がほとんどですよ」

「東京で死んだおたくの小林さんと、岐阜で死んだ木村さん、北原さんの二人ですがね。いずれも心中ではなく、殺された可能性が強くなったんですが、犯人に心当たりはありませんか？」

十津川は、まっすぐに田口を見て、きいた。

「心当たりなんか、あるはずがないでしょう」

田口は、むっとした顔になった。

「なぜですか。高木法律事務所というのは、家族的な団結を誇っていると、きいていますがね」

「しかし、プライバシイは、別です」

「プライベイトなところまで、あれこれ面倒を見るというのが、家族的ということじゃないんですか？」

「三人とも、二十歳《はたち》をすぎているんです。いい大人ですよ。所長がそんな大人のプライベイトな面まで、面倒を見るはずがないでしょう」

「ひょっとして、高木法律事務所のやり方に疑問を持ったために、殺されたんじゃないの？」

と、亀井が、きいた。

「それは、ありませんよ。いいですか、所長に反対の弁護士がいたら、追い出せばいいことですよ。なぜ、殺さなければならないんですか？　そうでしょう？」

「何か、殺さなければならない理由があったんだ」

亀井が、強い口調で、いった。田口は、急に険しい目つきになって、

「そこまでいわれるんなら、証拠を出して下さい。高木法律事務所としては、名誉のために、あなた方を告訴しますよ」

「まあまあ、亀井刑事も、ここの惨状を見て、思わずいったことですから、許して下さい」

と、十津川は、田口にいった。

「気持ちはわかりますが、高木法律事務所を犯人扱いするのは、やめていただきたいですね」

田口は、そう釘を刺すと、車に戻っていった。

亀井は、それを見送って、舌打ちした。

「きっと、何かありますよ」

「ああ。だが、それが見つからなければ、われわれには、どうしようもないんだ」

と、十津川は、いった。

このあと、二人は団地の住民たちにも会い、神奈川県庁の土木事業課にもいって、話をきいた。

住民は、裁判に負けたことで、意気消沈していたし、県庁は、基準に合っていたので許可した、の一点張りだった。

そして、NK建設は「善意」で、崩れた地盤を修復しているのだ。

9

十津川と亀井は、東京の捜査本部に戻った。

小林と美雪の、二人の関係を調べていた三田村と早苗が、十津川に報告する。

「いろいろ調べてみましたが、二人が、心中するような仲だったとは、とても思えません。小林には、特定の恋人はいませんでしたが、だからといって、美雪といい仲だったという声は、まったく、きこえてきません」

「美雪の男性関係は、どうなんだ?」

「宝石商のパトロンがいることが、わかりましたので、会ってきました。名前は、佐伯竜一郎《さえきりゅういちろう》で、年齢は、四十五歳です。もちろん、結婚しています。佐伯によると、あのマンションも、彼が借りてやったもので、月に五十万ずつ、彼女に渡していたそうです。美雪は、若いのに、古めかしいところがある女で、自分に黙って、浮気をするなどということは、とても考えられないと、いっています」

「それだけじゃあ、反証としては、弱いな」

と、十津川は、いった。

「それから、小林のマンションを調べてみました。部屋が荒らされた様子は、ありませんが、手帳がなくなっています」

と、早苗が、いう。

「手帳?」

「彼は、毎年、F文具製の手帳を買っているのです。日付が入ったもので、それにメモしていくのが彼の癖で、大学時代の友人の話によると、もう、十冊を超えていたというのです。それが、部屋からなくなっています」

「事務所に置いていたということはないのか？」

「それも考えて、高木法律事務所へいき、小林の机と、ロッカーを調べさせてもらいましたが、手帳は、見つかりませんでした」

「すると、手帳は、犯人が、持ち去ったということか？」

「そう思います」

「なぜ、過去の十冊の手帳まで、持ち去ったんだろう？」

と、亀井が、きく。

「それは、今年のだけ持ち去ったら、不審に思われるからだと思います。現に、高木所長は、小林が手帳にメモしてるのを見たことがないと、主張していますから」

「たぶん、その手帳は、犯人にとって都合の悪いことが、記入してあったんだろう。つまり、高木法律事務所に都合の悪いことがね」

と、十津川は、いった。

「どんなことだと、警部は思われますか？」

三田村が、きく。

「わからないが、NK建設に関係したことのような気がするね。高木法律事務所は、ＮＫ建設から、多額の成功報酬を受け取っていると思うからだ」

と、十津川は、いった。

小林の手帳に書かれてあったことは、例の裁判で、ＮＫ建設が敗れるようなものではなかったのか？

そうなれば、住民たちは、元気を取り戻して、再び法廷で争うだろう。そして、ＮＫ建設は、何億、何十億円の補償金を支払わなければならないことになるのではないか。

翌日早く、岐阜から、土居警部が上京してきた。

長良川周辺の聞き込みで、ひとつ収穫があったという。

「問題の十一月四日の夜ですが、木村真二と北原麻里の二人が溺死していた場所の近くの土手の上に、一時間近く駐まっている、不審な車を見たという目撃者がみつかったのです」

「その時間は、二人の死亡推定時刻と、合っているのですか？」

と、十津川は、きいた。

「重なっています」

「それで、どんな車なんです？」

亀井が、きいた。

「シルバーメタリックのベンツで、東京のナンバーだと、目撃者はいっています」

「ナンバーは、全部、わかっているんですか？」

「いや、それが、東京のナンバーとしか、覚えていないんです」

「それでは、特定するのは難しいですね。今、シルバーメタリックのベンツというのは、数が多いですから」

と、十津川は、いった。

「もうひとつ、特徴があったんです」

「どんな特徴です？」

「ベンツは、リアに、C280とか、E500とか、数字がついているでしょう。あれが、なかったというのです。車のオーナーが、取り外したんだと思います。私のきいたところでは、ベンツは、型が同じでも、排気量のちがいで、280とか、500とか数字のエンブレムがついている。それは、当然、価格も違うわけで、安いベンツだと思われるのがいやで、240とか、280とかの場合、オーナーが、数字のエンブレムを、取り外してしまうことがあるそうです。目撃されたベンツも、そうした車だと思います」

と、土居は、いった。

「調べてみようじゃありませんか」

と、十津川はいい、土居と二人で、高木法律事務所へ、乗りこんでいった。

田口が、応対に出て、渋面《じゅうめん》を作って、

「また、あなたですか？　今度は、何の用です？」

と、きく。

「こちらは、岐阜県警の土居警部です」

と、紹介しておいて、

「皆さん、車をお持ちですか？」

「ええ。それがどうかしたんですか？」

「どんな車をお持ちか、教えていただきたいのです。田口さんは昨日、神奈川に、シルバーメタリックのベンツでこられたから、しっています」

「うちは所長が安全を考えて、ベンツを持てというので、全員、ベンツに乗っています」

「その車は、今、どこにあるんですか？」

「この近くの駐車場に、駐めてありますがね。われわれにどんな容疑を、かけようというんですか？」

田口が、険しい表情になった。

「それは、よく、わかっているはずですよ」

と、十津川はいい、土居と、田口のいう駐車場へ回ってみた。

二十台ばかり入る駐車場で、その一角にずらりとベンツが、四台並んで駐めてあった。ここが、高木法律事務所が、借りているところらしい。

二人は、一台ずつ、ベンツを見ていった。

最初のベンツは、シルバーメタリックだが、リアのS６００という数字は、誇らしげについていた。

二台目も、同じくシルバーメタリックで、この車も、E５００の数字はついたままだった。

三台目は、メタリックブルー。

四台目は、またシルバーメタリックで、リアを見ると、数字は外してあった。

四人のなかで、一番若い、三十八歳の中西啓の車だった。

土居が、その車のナンバーを、手帳に書き留めた。

「この車だと思いますか？」

十津川が、小声で、きく。

「たぶん。でも、確証はありません。それと、木村真二の両親と、何回か、電話してわかったのですが、両親は、こういうのです。息子は、最初、高木法律事務所に入ったとき、両親に、手紙を書いてきて、質の高い、働き甲斐のある法律事務所だと、喜んでいたというのです。所長も、その下で働く弁護士も、みな優秀で、ずいぶん刺激になる、ともです。それが最近になって、高木法律事務所をやめたくなった。郷里へ帰って、地道に、弁護士活動をやりたいと、書いてくるようになっていたというのです」

「なぜ、そんなふうに気が変わったのか、木村は、両親に話したんですかね？」

「わけを話してくれと、母親が電話でいったことがあるそうです。しかし、木村は、その悩みは自分で解決したいと、いっただけだったそうです」

「自分で、解決したい――ですか？」

「ええ。それで、心中に見せかけて、殺されたのではないかと、思うのです」

と、土居は、いった。

十津川は、彼を、近くにあった喫茶店に誘い、コーヒーを頼んだ。煙草を取り出して、火をつける。

「あなたが、今いわれたことは、大事なことだと思います」

と、十津川は、いった。

「木村が、電話で母親に、自分で解決したいといったことですか？」

「そうです。高木法律事務所は、最近、NK建設の事件を、全員で担当しました」

十津川は、神奈川の事件について、土居に説明した。

「それは、ひどい」

と、土居は、眉をひそめた。

「そうでしょう。だが、NK建設は、高木たちの力で、裁判に勝訴してしまったのです」

「しかし、そうだとすると、木村がどう思おうと、どうすることもできないんじゃありませんか？　無力だとすれば、彼を心中に見せかけて、殺す必要もなくなってしまいますが——」

「そうです。しかし、木村真二は殺された。小林肇もです。それに、女事務員の北原麻里も。高木法律事務所は、三人の口を封じる必要があったということです。私は、こう考えたんです。NK建設は、勝訴した。だが、何か、隠しているんじゃないか。それが、明らかになれば、裁判に負けるようなことを、です。木村や小林は、それをしった。だから、木村は、自分で解決したいと、いったんじゃありませんかね」

「なるほど」

「木村は、たぶん、その秘密をしっていた。だが、高木所長や、先輩の弁護士に逆らえなくて、いやいや、同調していたんだと思いますね。だが、住民がひどい目にあっているのを見て、良心が痛んだと思います。そこで、何とか、自分の手で、糺《ただ》したいと思った。それに気づいて、高木所長たちが、木村と北原麻里を、岐阜まで追いかけていって、殺したのだと思いますね」

「それを実行した犯人は、あのベンツの持ち主の中西啓ということになりますか」

「二人は、溺死だったんでしょう?」

「そうです。二人の肺には、多量の水が入っていましたから、溺死であることは、間違いありません」

「それなら、二人を押さえつけて、顔を、水に浸けたんだと思いますね。長良川にね。ひとりでは、とても、無理でしょう」

「中西のベンツに、ほかにひとりか二人乗って、岐阜にやってきたということになりますね」

と、土居は、いう。

「あるいは、木村が、呼んだのかもしれませんよ」

と、十津川は、いった。

「何のために、二人が、犯人たちを呼んだりするんですか？」

意外そうに、土居が、きく。

「木村と北原麻里の二人は、長良川で、鵜匠のやっている喫茶店へいったんでしたね？」

と、十津川は、いった。

「そうです。『鵜』という店で、オーナーは、鵜匠の山下さんです。長良川へおいでになったら、ご案内しますよ」

「その山下さんは、話好きだそうですね？」

「そうです。よく、お客と、お喋りをするんです。それが、時々、お説教になったりしますがね」

と、土居は、微笑した。

「木村と北原麻里の二人とは、どんな話をしたんですかね？」

「北原麻里のほうは、彼女が、郷里の母親のことで悩んでいるようだったので、母親というものは、何よりも、子供が幸福になってくれることを願うものだから、君も、まず自分が幸福になることを考えなさいと、お説教したといっていましたね。そうしたら、彼女は、にっこりして、わかりましたと、答えたそうです」

「木村真二には、どんなことを話したんでしょうか？」

「彼とは、話さなかったみたいなことをいってましたがね。ちょっと待って下さい。電話で確かめてみます」

土居は、携帯電話を取り出し、喫茶店〈鵜〉にかけ、オーナーの山下と、小声で話していたが、電話がすむと、十津川に、

「わかりました。オーナーの山下さんは、男のほうには『男らしく、がんばれ』と、励ましたといっています。女の北原麻里が悩んでいたので、一緒にいる木村に、しっかり彼女を守ってやれと、活《かつ》を入れたんだと思いますね。山下さんは、そんなニュアンスで、話してくれましたから」

「それで、合点がいきます。その時、木村は、高木法律事務所の不正をしって、悩んでいたんだと思います。といって、事務所の仲間はすべて、弁護士としては、先輩だし、所長の高木弁護士などは、木村にとって、神さまみたいな存在だったと思いますね。だから、母親には、自分で解決するといったが、なかなか、口に出して、所長や、先輩に、意見をいえなかったんだと思いますね。長良川の『鵜』という喫茶店にいって、オーナーの山下さんから『男らしく、がんばれ』と、いわれた。山下さんは、今、あなたがいったように、一緒にいった北原麻里を、しっかり支えてやれという意味で、いったんでしょう。だが、高木法律事務所の不正について、どうしたらいいか悩んでいた木村は、別な意味に受け取ったんですよ」

「男らしく、不正と戦えと？」

「そうです。だが、東京へ戻って、事務所のなかで、所長や先輩に意見するだけの勇気は、持てなかった。それに、もう高木法律事務所を、これで、やめていいとも思ったんでしょう。だから、高木所長に電話をかけて、岐阜へきてくれと、いったんじゃないか」

「長良川でなら、高木所長たちに、自分の考えをいえると、思ったということですか？」

「そうです。傍には、北原麻里もいますしね。こなければ、不正をばらすと、脅したんだと思いますね。それをきいて、高木所長は、木村の口を封じなければいけないと思い、中西たちを、すぐ、岐阜にいかせたんでしょう。高木自身も、長良川へいったのかもしれません」

と、十津川は、いった。

「十津川さんは、高木たちは、最初から、二人を殺すつもりで、長良川へやってきたと思われるんですね？」

土居が、きく。

「そうです。きっと、二人に会うと、躊躇《ちゅうちょ》なく押さえつけて、長良川に顔を沈めて、殺したと思います。二人を結び合わせる紐も用意してきたし、手際よく、殺しているのが、その証拠だと考えます」

「うまく、心中に見せかけて殺したが、写真のミスを犯した。その上、もうひとり、反抗する所員がいたというわけですね？」

「そうです。若い小林弁護士も、前々から不正に気づき、それで、悩んでいたんだと思いますよ。岐阜にいった木村と、北原麻里の二人が、死んだと、小林はしるわけです。心中ということになっていたが、小林は信じなかった。高木所長たちに、口を封じられたに違いないと思った。そこで、小林は、高木所長を難詰《なんきつ》したんじゃないですかね。高木所長たちは、慌てた。そして、小林も、心中に見せかけて殺してしまうことを考えたんですよ」

と、十津川は、いった。

「まだ、長良川の事件が、心中ということになっていたから、東京でも、心中に見せかけて、殺せばいいと思ったんですかねえ」

「そうでしょう。そこで、小林が何回かいったクラブの女性と、心中したことにして、殺したんですよ。この場合も、高木以下四人で、有無をいわせず、殺したんでしょう。力ずくで、二人に、青酸カリ入りのビールを飲ませたんだと思います」

と、十津川は、いった。

土居は、にっこりして、

「これで、事件は解決ですか？」

「いや、まだまだです。殺人のストーリーはできましたが、それが正しいという証拠は、ありません。犯人たちは、たぶん、中西啓のベンツで、岐阜にいったんだと思いますが、断定するだけの証拠はありません。高木たちは、NK建設の事件について、何か秘密を持っていて、それを守るために、木村、小林、それに北原麻里の三人を殺した。それは間違いないと思いますが、その秘密が何なのかわかりません。肝心なことは、何ひとつ、証明できていないんです」

と、十津川は、いった。

「証拠は、必ず、見つかりますよ」

土居は、自分にいいきかせるように、いった。

10

土居は、中西啓のベンツの写真を持って、岐阜に戻っていった。その際、新幹線は使わず、タクシーに乗り、東名高速を走って帰った。

中西啓のベンツが使われたとすると、東京から岐阜の長良川までを、往復したことになる。そうだとすると、いきか、帰りかに、どこかで給油した可能性がある。それを調べたかったからである。

土居の予想は、適中した。

東名高速の浜名湖《はまなこ》サービスエリアのガソリンスタンドで、十一月四日の午後六時半頃、シルバーメタリックのベンツが給油していたのが、わかった。

そのベンツは、東京のナンバーで、男が三人か四人乗っており、運転席にいて料金を払った男は、三十代後半で、中西に似ていたという。リアの数字も取れていたと、証言した。

（間違いない）

と、土居は思い、岐阜に着くとすぐ、電話で十津川にしらせた。

亀井は、それをきいて、

「向こうの県警も、なかなか、やりますね」

と、十津川に、いった。

「ああ。何しろ、向こうが先に、心中に疑問を持ってくれたんで、こっちも小林とホステスの心中が、殺人事件と、確信できたんだからね」

「あとは、高木たちが、何を隠しているかですね」

「どうしたら、それがわかるだろう？」

「さあ、わかりません」

と、亀井が、肩をすくめる。

十津川は、しばらく考えていたが、急に、

「カメさん、いこう」

「どこにですか？」

「S大だ」

「大学へ、何しに？」

「仁科という教授に会う。彼は、問題の造成地を調べた専門家だ」

と、十津川は、いった。

パトカーでS大へ向かい、授業の終わった仁科教授を摑まえた。

「NK建設がやった神奈川県の造成のことですが」

十津川が切り出すと、仁科は、

「あれは、ひどい。鉄筋も入っていないし、コンクリートに、水抜きの管も通してなかった」

「しっています」

「だが、残念ながら、法規上は合格しているんだよ」

「それも、しっています」

十津川がいうと、仁科は、変な顔をして、

「君たちは、いったい、何をききに私のところへやってきたのかね？」

「あそこで、死者まで出たというので、裁判になりましたが、NK建設は、勝訴してしまいました」

「そうだ。残念ながらね」

「NK建設の背後には、高木法律事務所がいて、法律的な支えもしています」

「しっているよ。優秀だが、倫理観のない連中だよ」

と、仁科はいった。

「NK建設は、勝訴しましたが、何か、隠しているような気がして、仕方がないのです。何か重大なことをです。もちろん、高木法律事務所は、それをしっている。しっていて、隠している。私は、そう思っているのです」

十津川は、力をこめていった。

「なぜ、そう思うのかね？」

「実は、高木法律事務所の人間が三人、続けて死んでいます」

「心中したというのはきいたことがある」

「どうも、法律事務所の不正をしって、それで悩んでいたという話があるのです」

と、十津川がいうと、仁科は、うなずいて、

「心ある人間ならば、あの法律事務所のやり方には、ついていけないと思うね」

「NK建設の神奈川の件ですが、不正がおこなわれたとすれば、どんなことが、考えられますか？　一応、法律上、問題のない造成ということになっていますが」

「あの件で、不正があったという証拠はあるのかね？」

「まず、間違いなく、不正があったと、私は見ていますが、どんな不正かが、わからないのです。それで、専門家の先生に、推理していただきたいのですよ」

「傾斜地の造成は、手抜きがあったが、法律的には、合法だった」

「そうです」

「建築された家屋も、頼まれて、調べた。完全だとはいえないが、不法建築ではなかった」

「ほかに、どんな不正が、考えられますか？」

十津川は、辛抱強く、きいてみた。

「そうだね。あと、考えられることというと、設計と違っているということかな」

「どういうことですか？」

「あの傾斜地に、家を建てるというのは、県に提出した青写真には、載っていなかったんじゃないかということだよ。だから、県があっさり、許可してしまった」

「まさか——」

「そんなことがあるんですか？」

十津川と、亀井が、こもごも、疑問を投げかけた。

「あり得ないことなんだが、たまには、儲けたい一心で、こんな不正もおこなわれることがある」

「それが、今回の神奈川でもおこなわれたということですか？」

「不正があったとすれば、そんなところだと、思ってね」

「許可する県は、どうして見抜けなかったんでしょうか？」

「担当する職員が、少なすぎるんだ。だから、書類さえ整っていれば、許可してしまう。まさか、提出された青写真が違っているとは思わないからね。建設会社は、許可さえおりてしまえば、勝手に仕事を進めてしまう。もちろん、提出された青写真と、まったく違った工事をすれば、すぐわかって問題化するが、わずかしか違わない設計なら、気がつかない」

「県が、気がついたら？」

「中央だって、地方だって、役人はみんな、事なかれ主義だよ。工事が進んでしまっていれば、いまさら、差し止めることができない」

「なぜです？」

「自分の審査が、ずさんだったことになるからだよ。工事が始まる前に、なぜ、もっと厳重に審査しなかったか、責任問題になるのが怖いんだ。だから、このくらいなら、いいだろうと納得してしまう。そんな現場を、私は、見たことがある。それに、建設会社が、役人を抱きこむケースだってある」

と、仁科は、いった。

「もし、NK建設が、先生のいわれるような不正をやったとして、高木法律事務所は、どう、それに嚙んでいると、思われますか？」

十津川が、きいた。

「当然、NK建設は、高木法律事務所に、相談したと思うよ。あの傾斜地を造成して、新しい住宅を建築したい。だが、県の許可がおりないおそれがある。どうしたらいいかとね」

「そこで、高木法律事務所が、知恵をつけたということですか？」

「たぶん、高木法律事務所は、自信があったんだろうね。前にも、似たようなことを、やったことがあり、それが、成功しているんじゃないかな」

と、仁科は、いった。

11

十津川と、亀井は、神奈川県庁にいき、担当する秋元《あきもと》という課長に会った。会うのは、これで、二度目だった。

二度も、捜査一課の刑事が訪ねてきたということで、秋元の顔には、不安気な表情が、浮かんでいた。

「例のNK建設の工事についてですが、県に、許可を申請したときの、造成予定地の青写真を見せてもらえませんか」

と、十津川は、いった。

同じ部屋にいた連中が、いっせいに、見守っている。

秋元は、大きな青写真を取り出して、机の上に、広げた。

十津川は、すぐ、傾斜地の造成の部分に、目をやった。

あの部分も、ちゃんと、造成地として、記入してあった。

「どこか、おかしい点がありますか？」

と、秋元課長は、きいた。

「この傾斜地ですが、許可申請のときから、この青写真に、記入されていたんですか？」

「馬鹿なことはいわないで下さい。申請されていなければ、認可していませんよ」

「そうは思いますが、この部分だけ、妙にコブみたいに、突出していますね」

と、十津川は、いった。

「それが、どうかしたんですか？　どういう形の造成でも、基準に合っていれば、認可しますよ」

「しかし、普通の造成の場合、直線的に、造成地を作るとか、円形にするとか、効率よく造成するものでしょう。この青写真のように、あの傾斜地の部分だけ、突出していると、非経済的だし、どうしても、ほかの部分に比べて、強度が弱くなってしまうんじゃありませんか？」

「十津川さん。もう、この造成は、おこなわれてしまっているんだし、県にしても、問題はないとして、認可しているんです。今になって、部外者にあれこれ文句をいわれるのは、困りますね」

「これと違った青写真が、申請の時に、ついていたということはないんですか？」

十津川が、思い切ってきくと、秋元は、顔を赤くして、

「われわれが、不正を見逃したとでもいうんですか？」

「いや。ただ、そんなこともあるのかなと思いましてね」

「そんなことが、あるはずがないでしょう！」

と、秋元は、声を荒げた。

「問題がないのなら、この青写真を借していただけませんか。もちろん、コピーで、結構です」

「困りますね」

「それなら、令状を取ってきますよ」

と、亀井は、脅かすように、いった。

12

十津川と、亀井は、青写真のコピーを持って、もう一度、仁科教授に会った。

青写真を見せると、仁科は、苦笑して、

「現地を見たときも思ったんだが、この青写真を見ると、なおさら、奇妙だねえ」

「NK建設は、なぜ、こんなコブみたいな部分を、造成したんでしょうか？」

「あの場所はね、もう平地がないんだ。だからあとは傾斜地を造成して、そこに住宅を建てるしかない。それでNK建設は、まずちょっと傾斜地を造成し、それがうまくいけば、大々的に、傾斜地を造成していくつもりだったと思うね」

と、仁科は、いった。

「神奈川県側は、最初から、その青写真で認可したといっているんですが、私には、どうも、そうとは思えないのですよ」

「私も、その点、疑問だね。私が、担当者なら、当然、この小さなコブの部分は何なのだと疑問に思うし、傾斜地の造成は大丈夫なのかと、不安を覚えるからね」

「ですから、私は、申請の時には、この部分はなかったのではないか。傾斜地の部分のない青写真で、造成認可を取り、あとから、その小さなコブの部分を造成し、県には、書き直した青写真を提出したんじゃないでしょうかね。県としては、監督不行届を指摘されるのが怖くて、軽微な変更ということで、認可してしまった――」

「あり得ないことじゃないね。だが、それを証明するのは、難しいと思うね。NK建設側が、認めるわけがないし、県の担当者だって、自分のミスを認めるわけがない」

と、仁科は、いった。

だが、その日の夜、十津川の自宅の電話が鳴った。

十津川が、受話器を取ると、押し殺したような男の声で、

「例の造成地のことで、お話ししたいことがあるんですが、秘密は、守っていただけますか？」

と、きいてきた。

「もちろん、秘密は、守ります」

「実は、NK建設が、あの地区の造成認可を申請してきた時は、問題の傾斜地は、含まれていなかったんです」

と、男は、いう。

「やっぱり、そうですか」

「それで、認可が出ると、いつの間にか、あの傾斜地もコンクリートで固め、その上に、家が建っていったんです」

「県は、注意しなかったんですか？」

「NK建設は、大会社です。信用していたし、県下の造成地をすべて、見て回るには、担当する人間が、少なすぎるんです。それに、新しい造成や建築の申請は、次々に出てきます。それを、書類審査するだけで、手一杯なんです。正直にいえば、建設会社や、建築主の善意を信用するより仕方がない状況なのです」

と、相手は、いう。

「しかし、豪雨が続いて、崖崩れが起きて、あんな悲惨なことになってしまいましたね」

「大変、残念です」

「その時点で、申請と違った造成が、おこなわれていたことが、わかったんでしょう?」

「そうです」

「だが、結局、事後承認してしまった?」

「秋元課長を始め、全員が、NK建設に裏切られたと、怒りましたよ。NK建設に買収されたなんて、思わないで下さい。私たちだって、口惜しいし、十二名も、犠牲者が出たことに、平気ではいられませんよ。しかし、今となっては、何もできないんです。私たちには、何の力もないんですよ。それに、県の名誉を傷つけるような真似はするなと、上から、いわれるんです。傾斜地の造成に気づかなかったと、正直にいえば、責任をとって、やめざるを得ないじゃありませんか。みんなには、生活があるんです。だから、上からの指示で、最初から、傾斜地の造成は、しっていた。造成には、法律的な問題はなかった。県にも、NK建設にも、誤りはなかったことになってしまったんです」

「NK建設が、最初に、認可申請したときの青写真はあるんですか?」

「あります」

「ぜひ、それを見たいですね」

と、十津川は、いった。

「それを、何に、使われるんですか？　それによって、多くの人が、傷ついたりするのは、困ります」

「私は、捜査一課の刑事です。殺人事件の捜査が、仕事です。造成地の問題に、個人的には関心はありますが、私の仕事とは、関係ないんですよ」

「県に迷惑がかかるようなことはありませんね？」

「迷惑はかけませんよ」

「秋元課長は、本当は、いい人なんです。ただ、大きな問題になると、課長の力では、どうすることもできないんです。秋元課長が、辞職に追いこまれるようなことは、ないですね？」

「大丈夫です」

「本当に、信用していいんですね？」

「約束しますよ」

「明日、書留で送ります」

と、男は、いった。

13

二日後、十津川の手元に、一枚の青写真が送られてきた。正確にいえば、そのコピーである。

NK建設が、最初に、認可申請したときの造成地の青写真だった。

そのときの申請書類のコピーもついていた。申請した日付と、県が、認可した日付も入っている。

もちろん、その青写真には、コブのような傾斜地は、載っていなかった。

「これを、どう使うかだ」

と、十津川は、亀井に、いった。

「NK建設や、高木法律事務所の人間に、これを突きつけてやったら、いいんじゃありませんか」

亀井が、簡単に、いう。

「これを送ってくれたのは、県の担当者のひとりだと思うんだ。私は、その男に約束してしまった。これは、殺人事件の解決だけに使うとね」

十津川は、電話のやり取りを、亀井に、話した。

「つまり、追いつめるのは、高木法律事務所の連中だけということですか？」

「そうだ。連中は、追いつめられると、きっと、ＮＫ建設や、神奈川県庁まで、巻きこもうとすると思う」

「でしょうね」

「それは、防ぎたい」

「どうすれば、いいんですか？」

と、亀井が、きいた。

「まず、外堀から、埋めていこう」

と、十津川は、いった。

十津川と、亀井は、新宿西口にあるＮＫ建設本社を訪ねた。三宅《みやけ》という管理部長に会う。

十津川は、単刀直入に、

「高木法律事務所を殺人容疑で、捜査する方針です」

と、いった。

三宅部長が、狼狽する。そこで、十津川は、手に入れた青写真を見せて、

「これが、何かわかりますね。高木法律事務所は、傾斜地の造成について、NK建設にサジェスチョンを与え、NK建設は、そのとおりにした。しかし、それが、今や、問題になっているのです。高木法律事務所は、その秘密を守るために、口封じの殺人までやっているのです。この際、忠告しますが、高木法律事務所とは、縁を切ったほうがいいと思います。この会社まで、殺人事件に、巻きこまれますよ」

と、いった。

三宅部長は、蒼い顔になり、

「さっそく、重役会議にかけまして――」

と、いった。

十津川と亀井は、ほかに高木法律事務所が、顧問弁護士をやっている大企業を回って歩き、同じことを忠告した。

そして十津川は、わざと二日待った。

その間にNK建設もほかの企業も、高木法律事務所と手を切るだろう。いざとなれば、企業は、冷酷なものなのだ。

二日目になって、中央新聞の田島が、電話してきて、

「先日、君の話していた高木法律事務所だがね。妙なことになってきた。あそこが、顧問弁護士として契約している五つの企業が、揃って、三行半《みくだりはん》を突きつけて、絶縁したんだ」

「そうか」

「君が、企んだのか？」

「そんな力はないよ」

と、十津川は、笑っていった。

十津川は、三上本部長に、逮捕状を請求してくれるよう頼み、岐阜県警の土居警部にもすべてを話して、長良川の事件について、逮捕状を求めるように、いった。

「一緒に、犯人逮捕といきましょう」

と、十津川は、いった。

高木法律事務所の、高木所長以下四人の逮捕状を持って、土居警部が、上京してきた。

十津川は、土居のほか、亀井たち四人の刑事を連れて、高木法律事務所に向かった。

高木所長に会うと、十津川がまず、東京の小林肇、楠美雪殺しについての逮捕状を、突きつけた。

続いて、岐阜県警の土居警部が、長良川の木村真二、北原麻里殺しについての逮捕状を、高木に突きつけた。

普通なら、猛然と反発してくるのに、この日の高木は、というより、事務所全体に、元気がなかった。彼等が、やっと手に入れた大企業の後ろ楯が、消えてしまったからだろう。

それでも、田口や、中西が、

「証拠があるのか?」

と、十津川に、食ってかかった。

それに対してまず、土居が、中西に向かって、

「あんたの車、シルバーメタリックのベンツが、十一月四日夜、殺人現場近くの土手で、目撃されているんだ。あんたは、たぶん、見栄でだろうが、リアの数字のエンブレムを外している。それが、命取りになったんだよ。目撃者が、東京のナンバーと共に、それを、はっきり覚えていた。また東名下りの浜名湖サービスエリアで、十一月四日の夕方、あんたは、給油している。給油係は、車のなか

に、男が三人か四人いたと証言している。四人で、十一月四日、岐阜県の長良川にいき、二人を溺死させたんだよ」

と、いった。

続いて、十津川が、高木たちに向かって、

「君たちは、NK建設に入れ知恵して、神奈川県下の団地の造成を、やらせた。ところが、その造成地で、崖崩れが起き、十二名もの犠牲者が出てしまった。その責任は、NK建設にもあるが、君たちにもある。君たちが、悪知恵をつけなければ、もっと厳しい基準で、造成をしていたはずだからだ。ここに、NK建設の三宅管理部長の文書がある」

十津川は、ポケットから、その文書を取り出した。

「いいか、読むぞ。『NK建設を代表して、この文書をしたためます。神奈川県の当社の造成地について、傾斜地の部分は、県の認可を取るのが難しいと思い、高木法律事務所に相談したところ、高木所長も、田口弁護士も、任せて下さい、必ず、認可を取りますと、約束した。そして、まず傾斜地を除いた造成の青写真で認可を取ることを、すすめられた。これでは、県を騙すことになるのではないかといったところ、既成事実を作ってしまえば、県も認可することになる。県の上層部にもコネがあるので、大丈夫だといわれ、高木法律事務所のすすめどおりに、当社は、動いたのです。その結果、あの惨事が起きてしまい、当社としては、高木法律事務所の助言を信じて動いたことを、後悔している次第です』これが、NK建設の意思だよ」

「この期《ご》に及んで、自分だけ、いい子になりやがって」

と、中西が、舌打ちした。

十津川は、ちらりと、彼に目をやってから、

「君たちは、ひたすら、権力と、金をほしがった。そのために、持っている法律知識を悪用することも、平気だった。だが、若い小林肇や、木村真二、それに、北原麻里の三人は、次第に、ここのやり方に、耐えられなくなった。木村は、男らしくありたいと思って、君たちを岐阜に呼んで、対決しようとした。そして、君たちに殺されてしまった。それをしって、今度は、小林肇が、君たちに、反旗を翻したんだと思う。君たちは、小林も、殺してしまった。長良川でのときと同じように、心中に見せかけてね」

と、いった。

田口や、中西、それに、広沢の三人が、こもごも、何かいいかけるのを、高木

は、手で制して、

「もうやめよう。これ以上、弁明するのは無駄だし、みっともない」

と、いった。

十津川は、じっと高木を見つめ、口調を改めて、

「四人を殺したことを、認めるんですね？」

「あの時は、ほかに、方法がないと、思ってしまった。おかしなものですね」

と、高木は、小さく笑った。

「何がですか？」

「ほかから、相談されたときは、うまいサジェスチョンができる。あなたのいう悪知恵が、働くのかな。ところが、自分の事務所の人間が反乱したとなると、どうしていいかわからなくなって、周章狼狽《しゅうしょうろうばい》してしまうのですよ。そして、一刻も早く、口を封じなければ、すべてが、駄目になってしまうと、考えてしまったんです」

「人間は、そんなものですよ。私だって、自分のこととなると、からきし、意気地がないんです」

十津川は、慰めるように、いった。

高木は、少しばかり、ほっとした表情を見せて、

「十津川さんでも、そうですか」

と、いった。

＊

高木以下四人が、殺人を認めて、東京と、岐阜の事件は、同時に解決した。

西本たち若い刑事のなかには、NK建設や、神奈川県が、まったく罰せられないことに、不満を持つものもいた。

だが、十津川は、これでいいのだと思った。警察には、道義上のことまで、裁く権利はないからである。

慎重派の三上刑事部長などは、このことに、一番ほっとしていたに違いない。事件が、必要以上に大きく広がってしまうのを、一番嫌うからである。

「とにかく、事件が、年内に解決してよかったよ」

というのが、三上刑事部長の、第一声だった。

年が明けて、元旦に、十津川は、岐阜県警の土居警部から、年賀状をもらった。

〈新年おめでとうございます。

昨年の事件では、警視庁のご協力で、無事解決できて、感謝しております。

長良川では、五月十一日より、鵜飼がおこなわれます。鵜飼は、一度は、見ておいたほうがいいといわれております。もし、亀井刑事と一緒に、見にこられることがありましたら、前もって、おしらせ下さい。少しは、小生、顔が利きますので、ご案内いたします〉

石狩川殺人事件

1

一月二十日。小雨。

甲州街道《こうしゅうかいどう》沿いにある二十四時間営業のコンビニエンスストアには、客が二人いた。

時刻はすでに、午前一時に近い。

若いカップルの客は、カップラーメンを二つ買ったあと、週刊誌を読んでいる。

レジの男も、退屈そうにマンガ本のページを繰っていた。

小雨は、昨日から降ったりやんだりしている。

ひとりの客が入ってきた。

五十歳ぐらいの小柄な男だった。コートの襟を立てている。店に入ると、コートについた水滴をはたき落としてから、ゆっくり、店のなかを見回した。

若いカップルは、週刊誌から目を離そうとしない。

レジ係は、一瞬、マンガ本から目をあげて男を見たが、すぐ、またマンガ本に目を落とした。

男は、手近にあったビスケットを一箱手に取ると、それを、レジのところに、持っていった。

レジ係は、そのバーコードを機械にかけて、

「八十二円」

と、眠たそうな声で、いった。

「原田健二《はらだけんじ》君？」

と、男が、きく。

レジ係の青年は「え？」と、声を出し、

「そうだけど」

「いくつになったんだっけね？」

「二十歳《はたち》」

「二十歳と、何カ月？」

「二十歳と十カ月だけど、それが、どうしたんだ？　あんたは、区役所の戸籍係か？」

レジ係の青年は、笑った。小柄な男が、そんなふうに見えたのだろう。実直な

役人ふうの男は、ゆっくりと、コートのポケットから拳銃を取り出した。

レジの青年は、それを見た。が、悲鳴をあげなかった。何か、ひどく非現実的な光景に見えたのだろう。

悲鳴をあげたのは、男が、レジ係めがけて、一発撃ってからだった。

「あっ」

と、レジ係は叫び、床に転がった。

拳銃の弾丸が、レジ係の青年の左胸に命中したのだ。

週刊誌を読んでいたカップルが、その場に立ちすくむ。

コートの男は、床に倒れたレジ係に向かい、覗きこむようにして、二発目、三発目を撃った。

そのたびに、レジ係の青年の体は、ぴくん、ぴくんと、はねた。はねて、血が迸《ほとばし》った。

若いカップルは、声もあげず、金縛りにあったように、この惨劇をただ見ていた。

男は、ポケットに拳銃をしまい、店を出ていった。

若いカップルは、呪縛から解かれたように、男のほうはレジに走り寄り、女は、悲鳴をあげた。

小雨は、雪に変わっていた。

2

十津川は、亀井たちと、現場のコンビニエンスストアに急行した。

周囲は暗く、そのコンビニだけが、明るかった。

十津川は、カウンターのなかで、体をくの字に折り曲げて死んでいる、レジ係の死体に目をやった。

そのまわりは、血の海だ。アルバイトで、この店で働いていたのだろう。

「まだ若いですね」

と、亀井が、呟いた。

十津川は、目撃者のカップルを、店の隅に連れていった。

男の名前は、木下健《きのしたたけし》。女は、白石《しらいし》めぐみ。どちらも二十三歳で、フリーターだという。定職についていないということなのだ。

この近くに住んでいて、深夜に、時々、このコンビニにきている。

「向こうで週刊誌を読んでいたら、男が入ってきたんだ」

と、木下が、いう。

「どんな男でした？」

十津川が、丁寧な口調で、きく。

「小柄な男で、黒っぽいコートを着ていたよ」

「いくつぐらいでした？」

「四十歳ぐらいかな？」

「いいえ、五十代だわ」

と、白石めぐみが、いう。

「中年の男だったことは、間違いないんですね？」

「うん」

「それで？」

「僕たちは、週刊誌を見てた。そしたら、いきなり、バン、バンだよ。二発撃ったんだ」

「三発だわ」

「俺には、二発にきこえたけどね」

「男は、黙っていきなり、撃ったんですか？」

「何か、いったよ」

「名前をきいてたわ」

「名前をね」

「それから年齢《とし》も」

「レジの青年の年齢ですか？」

「そうよ」

「なぜ、年齢なんかきいたんですかね？」

「そんなことしらないわ」

と、めぐみは、そっけなくいった。

「それでは、男の似顔絵作りに、協力して下さい」

十津川は、二人を、西本刑事に任せて、レジのところに戻った。

「レジから、金は奪《と》られていません」

と、亀井が、いった。

カウンターのなかでは、検視官が、死体を調べている。

「妙な犯人ですね。コンビニの犯罪は、たいてい金が目的ですが」

と、亀井が、首をかしげた。

「目撃者の話では、犯人は、撃つ前に、レジ係の名前と年齢をきいたらしい」

と、十津川は、いった。

「名前と、年齢ですか」

「だから、犯人は、相手を殺すことが、目的だったんだよ」

「三発撃たれているよ」

と、検視官が立ちあがって、十津川に、いった。

「女のほうが、しっかりしてるんだ」

十津川が、苦笑する。

「女が、どうしたって？」

検視官が、きく。十津川は、それには答えずに、

「至近距離から、撃たれたんですか？」

「ああ、一メートルぐらいの距離だね。胸に一発くらって、カウンターのなかに倒れた。犯人は、それを、上からさらに、二発撃ったんだ。背中に、二発、命中している。最初の胸の一発が、致命傷だ」

写真を撮りまくっていた鑑識係のひとりが、十津川に向かって、

「薬莢《やっきょう》が落ちていないから、使われた拳銃は、リボルバーですね」

と、いった。

ほかの鑑識係が、犯人の靴の跡を、採っていた。雨が降っているので、濡れた靴底が、はっきりとついている。

「靴の大きさは二十五。スニーカーだね」

と、鑑識係が、呟く。

とにかく、犯人は、レジの青年の名前を確かめてから、射殺したのだ。被害者のことを調べていけば、犯人も、自然に浮かびあがってくるだろうと、十津川は思った。

夜が明けてから、府中《ふちゅう》署に、捜査本部が、設けられた。

まず、殺された青年の身元である。

名前は、原田健二。二十歳。去年の三月十九日に、二十歳を迎えた。

府中市内の1Kのマンション住いで、甲州街道沿いのコンビニには、今年になってから、アルバイトで働くようになっていた。

N大一年。二年、浪人していた。

両親は、函館《はこだて》市内で雑貨店を、今でもやっている。

父親五十歳。母親は四十八歳。犯人と思われる男は、五十歳前後と思われるから、両親と同じ世代の人間に、殺されたのだ。

西本と日下の二人の刑事が、N大にいって、原田健二のことをきいてみた。

最初にきかされたのは「頭がいい学生」ということだった。

同窓の生徒何人かに会ってきいたが、異口同音に、

「あいつは頭がいいよ」

「きれる感じだ」

と、いう。

教員たちも、同じ意見だった。

ただ、ほかの話もきくことが、できた。

「頭のいいことを鼻にかけている」

「ほら吹きだ」

「怠け者だ」

などという声である。

頭がいいのに、二年も浪人したのは、そんな面があったからかもしれない。

ガールフレンドは、何人かいたらしいが、そうした女友だちの間からも「女を

馬鹿にしているようなところがあった」という声がきこえた。

どうやら、敵を作りやすい青年だったらしい。

十津川と亀井が、原田の1Kのマンションを調べてみた。

狭い部屋だが、きちんと掃除され、整理されている。

八畳に、キッチン、バス、トイレがついている。二十歳の若者ひとりの部屋なら、これで充分だろう。

机の引き出しには、銀行通帳が入っていた。毎月二十日に、きちん、きちんと、二十万円が振り込まれている。振り込みが、函館の銀行からおこなわれているところをみると、両親が、生活費を送ってきていたのだろう。まあ、恵まれた環境だといえるだろう。

新品のギターがある。十津川のしらないグループのCDが、たくさんあった。

旅行好きなのか、アルバムを見ると、たくさんの旅行先の写真があった。

さすがに、若者同士の写真ばかりで、中年の男との写真はなかった。

手紙は、少なかった。そのなかに、脅迫めいたものは見つからなかった。

午後になって、捜査会議が開かれた。

「あまり、友人に好かれていたようではありませんが、だからといって、殺されるほど憎まれていた形跡もありません」

と、西本が、大学での聞き込みの結果について、報告した。

「ギャンブルはやらず、借金もありません。将来の志望は、検事か弁護士だったようです」

「法律家か？」

「そうです。現役で、司法試験に合格してみせると、息まいていたそうです」

「なるほどね」

「教員は、身を入れて勉強すれば、可能だったろうと、いっています」

「そんなに頭がいいのに、なぜ、二浪したんだ？」

と、三上本部長が、きいた。

「どうも、気まぐれな性格で、それが原因だったんじゃないかと思われます」

と、西本は、いった。

「君の考えはどうだ？」

三上は、十津川に目を向けた。

「被害者が、二浪した理由ですか？」

「今度の事件全体のことだよ。なぜ、二十歳の若い男が、五十歳前後の中年男に、殺されたかだ」

「普通に考えれば、犯人に若い奥さんがいて、二十歳の男と浮気をした。それを恨んで殺したか、犯人に娘がいて、その娘が、被害者におもちゃにされた。そんなところだと思いますが」

と、十津川は、いった。

「それらしい話がきけたのか？」

「今のところ、ありません」

「それじゃあ、話にならないな。早く、動機を見つけ出してほしいね」

「それをしるためにも、被害者の両親に、会ってみたいと思っています」

と、十津川は、いった。

函館の両親は、その日の夜、東京に着いた。十津川と亀井が、彼等と会いに、投宿した四谷《よつや》のホテルに出かけた。

「長男が亡くなって、男の子は、あの子ひとりなので、可愛がっていたんですよ。それが、殺されるなんて」

と、母親は、泣いた。

父親のほうは、押し黙っている。

「殺人事件なので、健二さんの過去を調べました。十八歳の時、少年院に送られていますね。それで、大学へ入るのが、遅れた――」

と、十津川は、いった。

「そんなことまで、いちいち、調べるんですか？」

父親が、険しい表情で、十津川を睨んだ。

「頭のいい青年なのに、二浪しているのを、不思議に思いましてね。それで、調べました」

「そのことと、健二が殺されたことと、関係があるんでしょうか？」

母親が、きく。

「私たちがしりたいのは、健二さんが殺された理由なんです。犯人は、物盗りではない。殺すために、殺したんです。つまり個人的な恨みです」

「健二が、犯人に恨まれていたということでしょうか？」

「そうです。それで、健二さんの経歴を調べました。十八歳、高校を卒業するとき、少年院に送られている」

「もう、あのことは、すんだことですわ。それを、こんな悲しい時に持ち出さなくても」

母親が、抗議する。

父親は、憮然とした顔で、

「私も、家内も、ひとり息子を失って、茫然としているんです。そんな時に、昔の恥を持ち出さなくてもいいでしょう？　あなたのいい方は、昔の古傷を、押し広げて、引っかき回している」

「息子さんを殺した犯人を、捕まえたくないんですか？」

亀井が、むっとした顔で、原田夫妻を見た。

「悲しみが、倍加するようなことなら、何もなさらないで結構です。とにかく、今は、死んだ息子の冥福を祈りたいだけなんです」

と、父親は、いった。

「何もききたくありません」

母親のほうは、両手で耳を塞ぐような、仕草をした。

十津川は、そんな夫妻に向かって、

「お気持ちは、わかります。われわれだって、死者を鞭打つようなことは、したくありません。息子さんが、自殺したとか事故死なら、何もしません。しかし、殺人なんです。犯人が、拳銃で息子さんを、射殺したんです。それをほうっておくことは、できないんですよ。犯人を逮捕して、正義を明らかにしなければならないのです」

「それなら、勝手にやって下さい」

父親が、吐き捨てるように、いった。

亀井は、そんな父親に向かって、

「警察に、協力できないということですか？」

「息子が傷つくようなことには、協力できませんよ。マスコミが、あることないこと、書き立てるに決まっている。そんなことには耐えられない。もう、お帰り下さい」

父親は、二人の刑事を押し出し、部屋のドアを閉めてしまった。

3

二人は、仕方なく捜査本部に戻り、十津川は、三上本部長に、報告した。

「両親の気持ちもわかるので、黙って帰ってきました」

「それで、被害者の原田健二が、十八歳のとき、少年院送りになった理由は、わかったのか？」

と、三上がきいた。

「未成年の女性に対する、暴行です」

「詳しいことを話してくれ」

「彼は、札幌《さっぽろ》の高校を卒業しています。卒業したという解放感で、旅行にいき、そこで、たまたま出会った少女を暴行したということのようです。詳しいことを今、北海道《ほっかいどう》警に、問い合わせています」

「君は、それが原因で、今日、殺されたと思うのかね？」

「犯人は、原田健二の名前を確認してから、撃っています。それに、犯人は、年齢も確認しているんです。二十歳十カ月と。それが、気になっていたんです。なぜ、犯人がそんなことを、確かめようとしたのか。原田が、未成年のとき、犯罪行為をして、少年院に送られていたとすれば、何となく、納得できるのです」

「つまり、被害者が、責任のとれる年齢になっているかどうか確認してから、殺したということかね？」

「そうです」

「もし、君のいうとおりの犯人なら、気の長い犯人だね。十八歳から二十歳まで、二年間待って、殺したことになる」

「生真面目な犯人です」

と、十津川は、いった。

道警に依頼していた、原田健二に関する詳しい経歴と、三年前の事件について
の詳細が、FAXで送られてきた。


〈原田健二についての三年前の事件について、ご報告します。

三年前、札幌市N高校を卒業した原田健二は、同窓生二人と、三月二十六日から二十八日までの旅行の予定を組んでいました。

三月二十六日は、旭川《あさひかわ》で一泊。次の二十七日に、層雲峡《そううんきょう》に向かっています。

この二十七日に、原田たちは、層雲峡で、ひとりの少女と出会っています。十七歳の小田切《おだぎり》まゆみです。彼女は、旭川のろう学校に通う生徒で、この日は、たまたま春休みで、層雲峡の親戚の家に遊びにきていたのです。

原田たちと、小田切まゆみは、二十七日の午後三時頃、たまたま、北の森ガーデンで、出会いました。

原田たちの供述によれば、最初は、彼女がタレントのS・Nに似ていたので、

声をかけ、一緒に写真を撮ったりしていたようです。そのうちに、彼女が、言葉に不自由で、体に触っても、大声で助けを呼べないことをしり、次第に大胆になり、最後には、暴行を加えたのです。

そのあと、三人は何食わぬ顔で、ホテルに戻って一泊し、翌二十八日、予定どおり、札幌に向かいました。

小田切まゆみのほうは、夕方になって親戚の家に帰り、親戚の方は何か様子がおかしいとは思ったものの、まゆみが何も告げなかったので、詮索しなかったと、いっています。

翌二十八日、小田切まゆみは、層雲峡の流れのなかで死んでいるのを、発見されました。

自殺か、事故死か不明です。

その後、子供の目撃者が現れ、札幌に帰っていた原田たち三人は、逮捕されました。

原田は成績優秀で、札幌市内の大学に合格していたのですが、暴行の上、小田切まゆみを死に追いやったということで、ほかの二人と少年院送りになりました。

ただ、少女の死と、暴行との因果関係は、遺書がないために不明なので、三人は、六カ月で退院しています。

原田の両親は、さすがに札幌には居たたまれず、函館に転居しました。ほかの二人の少年については、正確には把握しておりません。

問題の小田切まゆみの家族ですが、父親の小田切卓也《たくや》は、まゆみが小学一年生の時、癌で亡くなっています。その後、母親の小田切章子《あきこ》が、旭川市内で小さな喫茶店を経営し、まゆみを育ててきました。その章子は、ひとり娘のまゆみが亡くなったあと、生きる希望を失ったと、知り合いにこぼしていたそうですが、一年後の三月二十八日、娘の一周忌の日に、自宅で首吊り自殺をしました。遠い親戚はありますが、そちらからご照会のような、五十代の男は見つかりません。

以上、ご報告します〉

この報告をもとに、二回目の捜査会議が開かれた。

黒板には、三年前の事件と、小田切まゆみの名前が、記入されている。

「三年前のこの事件が、今日の射殺事件の動機だというのか？」

三上本部長が、十津川に、きく。

「ほかに考えようがありません」

「しかし、犯人は、誰なんだ？　君は、小田切まゆみの父親と思っていたんじゃないのか？」

「そう考えていました。父親なら、五十歳前後で、年齢的に合致しますから」

「しかし、この報告では、父親は、彼女が小学生のとき、癌で死んでるじゃないか」

「母親のほうも、一昨年、自殺してしまっています」

「じゃあ、犯人は、いなくなってしまうだろう？」

三上は、渋面を作って、十津川を見た。

「それで困っています」

「ほかの動機で、殺されたんじゃないのかね？　原田は、二十歳で、一人前の大人だ。東京に出てきて、生活していた。何か悪いことをしていて、誰かに、恨まれていたんじゃないのか？　例えば、酒を飲んだあげく、喧嘩をして、相手を、半死半生の目にあわせたとか、いろいろあるだろう」

「それも、考えてみますが、私としては、旭川へいってきたいと思っているのです」

と、十津川は、いった。

「旭川で、何を調べるのかね？　小田切まゆみの家族は、全部、亡くなってしまっているんだろう？」

「そうですが、それを確認したいのです」

と、十津川は、いった。

翌日、十津川は、亀井と、羽田《はねだ》から旭川に向った。

ＪＡＳのジェット機で、一時間三十五分の旅である。

機が水平飛行に移り、シートベルトを外してから、十津川は、持ってきた写真を取り出した。

殺人現場になったコンビニには、防犯カメラがあって、犯人の姿が写っていた。その何コマかを、写真にしてもらったものである。

合計七枚の写真で見ると、犯人は、終始、落ち着き払って行動しているのがわかる。防犯カメラのことはわかっているのだろうが、別に、それを気にしている様子もない。

この写真と、若いカップルの証言とを合わせて、犯人の似顔絵が作られた。

犯人は、カウンターの上に体をあずけるようにして、カウンターの内側に倒れた原田健二を、なおも、二回撃っている。

七枚の写真を、十津川は、亀井に渡した。

「どんな男なのかな？」

自問するように、十津川は、呟く。

「何気なく出会ったら、小柄な、平凡なサラリーマンといった感じですね」

「だが、その平凡な人間が、どこかで拳銃を手に入れ、コンビニに押し入り、二十歳の男を射殺したんだ」

「警部は、本当に、三年前に死んだ少女の敵討ちだと思うんですか？」

亀井が、写真を見ながら、きいた。

「今のところ、ほかに、動機は考えられない。何よりも引っかかるのは、犯人が、原田の年齢を確かめてから、殺したことだよ」

「三年前、原田は未成年で、そのため、刑務所行をまぬがれた。そのことをよくしっている犯人というわけですか？」

「そんなところだ」

「もし、犯人が、警部の考えたとおりの男だとすると、心配なことがあります」

と、亀井は、いった。

「わかってる。小田切まゆみに暴行したのは、三人だということだろう？」

「そうです。ほかの二人も、同じように、現在二十歳になっているはずです。もう、未成年じゃない。犯人が、三年前の責任を取らせようとしても、おかしくはありません。原田健二と同じように」

「私も、それが心配なんだ。向こうで、道警にいき、あとの二人のことも、詳しくきいてみたいと思っているんだ」

と、十津川は、いった。

旭川上空に達した時は、すでに、窓の外は真っ暗で、その暗さのなかに、粉雪が舞っている。

機内アナウンスが、滑走路を整備中なので、しばらく待機するという。

二人の乗った飛行機は、上空を旋回しながら、滑走路の除雪が終わるのを待った。しばらくして、やっと着陸に移る。おかげで、十二、三分の遅れになった。

空港には、道警の吉田という刑事が、迎えにきてくれていた。三年前の事件を扱ったという四十代の刑事である。

空港を出て、パトカーに乗る。猛烈に寒かった。

「寒いですね」

と、十津川がいうと、吉田は笑って、

「今年は、これでも暖かいほうです」

と、いった。

パトカーをスタートさせてから、

「署長は、もう帰ってしまっていますので、旭川東署には明日ご案内します。今日は、直接、ホテルへいくことにしましょう」

と、吉田は、いった。

「あなたは、三年前の事件を担当されたんでしたね？」

「そうです。いやな事件でした」

「それなら、ホテルで、少し事件のことをきかせて下さい」

と、十津川は頼んだ。

空港から、市内のKホテルまで、車で二十分ほどだった。道路は除雪されていたが、その周辺は、一面の雪景色である。

「三年前に死んだ小田切まゆみという少女は、旭川の街に住んでいたそうですね？」

十津川は、運転している吉田刑事の背中に、話しかけた。

「そうです。市内のろう学校に通っていました」

「母親ひとりということですが——？」

「父親は、癌で亡くなっていましたから、母の手一つで育てられました」

「タレントの誰かに、似ていたとか？」

「はい。可愛い娘さんでした」

吉田刑事は、背中越しに、一枚の写真を、十津川に渡した。

十七歳の小田切まゆみの写真だった。

今どきの十七歳にしては、地味な髪形だが、優しく、賢い感じの顔である。

「どんな娘さんでした？」

十津川は、写真を見ながら、きいた。

「ハンデを持っていましたが、明るくて、特に、他人《ひと》に対して、優しかったようです。彼女のことを悪くいう人は、おりません」

「東京で起きた殺人事件ですが、私たちは、三年前の事件が、引き金になっているのではないかと思っているのです」

と、十津川は、いった。

「道警のなかにも、そう考えている者がおります」

「問題は、犯人なんです。父親なら、納得がいくんですが、彼女の父親は、彼女が小学生の時に亡くなっています。とすると、誰が、死んだ少女の敵を討ったのか。それが、わからないのですよ」

「そうですね。私も、その点、不思議に思っています」

と、吉田も、いう。

十津川は、犯人の写っている写真七枚を、吉田に渡した。

吉田は、片手運転をしながら、ちらちらその写真を見ていたが、

「これが、原田健二を殺した犯人ですか?」

「そうです。見たことがありますか?」

「いや、記憶がありませんねえ」

吉田は、残念そうに、いった。

パトカーが、予約しておいたKホテルに着いた。フロントで手続きをすませたあと、十津川と亀井は、ロビー内の喫茶ルームで、吉田刑事と話をすることにした。

「原田健二と一緒に捕まったのは、この二人です」

と、吉田は、メモ用紙に書いた二人の名前を、十津川に見せた。

橋本《はしもと》　文夫《ふみお》
中山《なかやま》　弘史《ひろし》

「どちらも、二十歳になっています」

「この二人が、今、どこにいるかわかりますか？」

と、十津川は、きく。

「今、それを調べているんですが、まだ、突き止められていません。六カ月で、少年院から帰ってきたとき、三人の両親は、全員、札幌からほかへ引っ越してしまっていました。未成年なので、名前は出ませんでしたが、どうしてもわかってしまう。それで、全員の家族が、引っ越してしまったんでしょうがね」

「原田の両親は、函館に引っ越していたことがわかったんですが、ほかの二人の家族も、北海道内ですかね？」

「わかりませんが、なかなか、まったくしらない街には、移れませんからねえ」

「私がおそれているのは、犯人が、この二人も殺すのではないかということなのです」

「同感です。十津川さんは、すでに、犯人が、残りの二人の居場所を調べたと思っていらっしゃるんですか？」

吉田刑事が、眉を寄せて、きいた。

「何しろ、三年たっていますからね。たぶん、三人の男が少年院を出てきたときから、ずっと、彼等を追っていたんだと思います。そんな執念みたいなものを感じるんですよ。そして、まず、原田を東京で殺した。二十歳になるのを待ってです。そう考えると、当然、ほかの二人についても、現在の居場所をしっているのではないかと思っています」

「そうなると、緊急を要しますね」

と、吉田は、いった。

「そうです。それで、まず、この犯人の身元を確認したい。そう思って、旭川にきたのです。犯人は、当然、小田切まゆみと親しかったはずですから、彼女の周囲にいたと思うのです」

と、十津川は、いった。

「明日になったら、早速、小田切まゆみが住んでいた場所へ、ご案内します」

と、吉田刑事は、いった。

4

翌日は、朝から快晴だった。

ホテルの窓から見ると、旭川の街が大きく、道路が碁盤の目のように、整然としていることがわかる。

テレビは、今朝の気温がマイナス七度と伝えていたが、午前十時に、吉田刑事が迎えにきてくれて、ホテルの外に出ると、意外に、寒さを感じなかった。

「寒くありませんね」

と、パトカーに乗ってから、十津川がいうと、吉田は、

「ここは盆地ですから、昼間は風がないので、暖かいことが多いんですが、これで、風が吹くと、寒いですよ」

と、いった。

積雪はあるが、通路はすべて綺麗に除雪されているので、東京に雪が降ったときのように、チェーンを巻いて走っている車は、見当たらなかった。スタッドレ

スタイヤで、すいすい走っている。

パトカーは、八条通りの商店街で、停まった。車の外に出る。

吉田刑事の案内で、その商店街のなかを歩き、貸店舗の札のかかった家の前で、足を止めた。

「ここが、小田切まゆみの母親がやっていた喫茶店でした。彼女が死んで、こんな具合になりました。縁起が悪いので、なかなか、次の借り手がつかないみたいです」

「ここから、ろう学校に通っていたんですね?」

「そうです」

「それ以外の時は、彼女はどうしていたんでしょう?」

と、亀井が、きいた。

「よく、近くの公園にいっていたみたいです。絵を描くのが好きで、公園で、川や花などを、描いていたようです」

「その公園へいってみたいですね」

と、十津川は、いった。

吉田刑事に案内されて、そこから歩いて、十二、三分の常盤《ときわ》公園に向かう。

しかし、そこは、雪の山だった。除雪されていないから、一面の雪である。吉田が先頭に立って歩き、その足跡をなぞるように、十津川と、亀井が続いた。公園の東側に、池があるはずなのだが、氷が張り、その上に雪が積っていた。どこが池かわからない。美しい花壇も、ただの雪の丘になってしまっている。噴水も、もちろん、凍りついてしまっていた。

耳をすませると、水の音がする。

吉田は、雪のなかに足を止め、

「公園の向こうを、石狩川《いしかりがわ》が流れています。このあたりのベンチに腰をおろして、小田切まゆみは、スケッチブックを広げて絵を描いていたそうです。彼女には、可愛がっていた犬がいて、その犬の散歩も兼ねて、よく、ここにきていたようです。雑種で、彼女が拾ってきた犬だときいています」

「その犬はどうなったんですか？」

「彼女が死んだあと、母親が、その犬を、大事に育てていましたが、その母親が自殺したあと、犬は、行方不明です」

「小田切まゆみは、この公園にきて、よく絵を描いていたんですね？」

「そうです」

「その絵は、今、どこにあるんですかね？　スケッチブックは？」

「自殺した母親が、大事にしていたと思うんですが、亡くなったとき、一緒に焼いてしまったか……。いや違いますね。小田切まゆみが、絵が好きになったのは、学校の担任の教師にすすめられたからだといっていたし、賞ももらっていたから、母親は、学校に贈っているかもしれません」

と、吉田は、いった。

「では、学校へ案内して下さい」

と、十津川は、いった。

公園の近くにかかる旭橋を渡る。石狩川にかかる、アーチ形の美しい橋である。

そこから、車で十五、六分走ったところに、ろう学校があった。

校内には、車の警笛無効という、いかにも、ろう学校らしい標識がある。

十津川たちは、小田切まゆみの担任だったという、小林《こばやし》という女性教師に会った。四十五歳の教師である。

十津川は、単刀直入に、小田切まゆみが描いたスケッチブックのことをきいてみた。

小林は、戸惑いながら、

「ございます。小田切まゆみさんのお母さんが自殺なさった時、彼女のスケッチブックは、学校に寄贈したいと、遺言されていたんですよ」

と、いい、五冊のスケッチブックを、出して見せてくれた。

「たくさんありますね」

十津川が、感心すると、

「彼女の絵には、不思議な優しさが感じられるんです。それで、続けて描いてみなさいと、すすめていました。きっと、彼女の独特な絵の世界ができあがると、思いましたから」

と、小林はいった。

十津川は、スケッチブックを開いてみた。確かに、絵のうまさよりも、優しさが伝わってくる不思議なものだった。

絵のほとんどが、あの公園で描かれたデッサンである。

それに、公園にくる人たちをスケッチしたものが多い。

カメラを構えている観光客、母親に連れられた子供たち、自分の連れてきた犬、さまざまな人間や、動物が、描かれている。じっと見ていると、それを見ている小田切まゆみの優しさが伝わってくるスケッチだった。

そのなかで、ひとりの人物が、頻繁にスケッチされているのに、気がついた。

いつも、野球帽をかぶった中年の男だった。

その男は、さまざまなポーズで描かれている。犬を連れている男、煙草を吸っている男、ベンチで寝ている男、そして、手話で話しかけている男。

「犯人に似ていますよ」

と、亀井が、呟いた。

「確かに、似ている」

十津川も、うなずいた。

五冊のスケッチブックには、ナンバーが書いてある。その順に、描いていったということだろう。

問題の男は、ナンバー2から、出てきた。最後のナンバー5まで、何度も出てくるのだが、順番に見ていくと、面白いことがわかった。

それは、描かれている男の、表情の変化である。

初めて描かれたとき、男は、ベンチに、だらしない格好で寝ている。

次は、百円のカップ酒を飲んでいる。

それが、犬を抱いて、座っている姿となり、最後には、手話を覚えたのか、描き手に向かって、ポーズをとるようになっているのだ。

小田切まゆみとの交流が、そのまま伝わってくるようなスケッチだった。

だが、どこの誰か、名前は書いてない。

「捜しましょう」

と、吉田刑事が、いった。

「犬を連れていたことを考えると、よく、あの公園に、犬を散歩させにきていた人でしょう。それなら、公園に近い街に住んでいたことになる」

と、十津川は、いった。

吉田刑事が、旭川東警察署に連絡し、十津川からも、署長に話し、男を捜す作業が始まった。

十津川の考えたとおり、常盤公園の近くに住んでいた男とわかった。

公園から歩いて、十五、六分のところのアパートだった。

二階建てのアパート一階の南向き、六畳、四畳、二部屋続きの部屋に住んでいた、近藤《こんどう》肇《はじめ》という男だという。

十津川たちは、そのアパートの管理人に会った。

「よくしっていますが、去年、引っ越しましたよ」

と、十津川に、いった。

「どんな人でした?」

「酒飲みで、どうしようもなかったね。金はあるらしいんだが、ぜんぜん働かずに、昼間から酒を飲んでいた」

「ずっと、そうだったんですか?」

十津川が、きくと、六十すぎの管理人は、急に目を光らせて、

「それが、急に、変わってしまってね」

「どう変わったんですか?」

「酒はやめるし、変な本を買ってきて、勉強を始めたんだよ」

「変な本?」

「手を使って、話をするっていう本さ」

「手話?」

「そう。その本を買ってきて、勉強しだしたんだよ。私もね、教わったよ。今日は、とか、ありがとうとかね」

「小田切まゆみという、女の子のことを話していませんでしたか?」

と、亀井が、きいた。

「ああ、エンゼルのことかね？」

「エンゼル？」

「近藤さんがいってたんだ。常盤公園で、エンゼルに会ったって。たまたま、公園で知り合ったらしいんだが、その後は、公園にいくのを楽しみにしていたねえ」

「犬を連れて、公園にいってたんじゃありませんか？」

と、十津川は、きいてみた。

管理人が、答えて、

「そうなんですよ。犬や猫なんかに、ぜんぜん関心がなかったのに、ある日、突然、犬を拾ってきて、飼いたいというんだ。うちは、犬、猫は禁止なんだけど、一階の角部屋で、窓の外に小さな空地があるんで、許可したんですがね。どうやら、エンゼルさんが、犬を公園に連れてきてたんで、その真似をしたかったらしいですよ」

「それから、どうなったんですか？」

「それがさ、三年前だったですかねえ。突然、公園へいくのをやめてしまったんですよ。部屋に閉じこもったまま、出てこない。心配になって部屋を覗いたら、びっくりしましたよ。小さな仏壇に、女の子の写真を飾って、じっと、見ているんですよ。ポラロイドで撮った写真でしょうね」

「その時、近藤さんは、何かいってましたか？」

「どうしたんだと、私がきいたら、エンゼルが死んだんだって、いってましたね。涙を流してましたよ」

「そして、去年のいつ頃、いなくなったんですか？」

「三月頃でしたね。突然、いなくなったんで、心配してるんです。犬もいなくなっちゃったし――」

「その後、連絡はありませんか？」

「まったくありません」

「近藤さんというのはどんな人ですか？　五十歳前後ということは、しっているんですが――」

と、十津川は、きいた。

「本当かどうかわかりませんが、私がきいたところでは、大きなレストランのオーナーだったそうですよ。若くて、美人の奥さんをもらって幸福だったのに、その奥さんが、使用人のコックと駆け落ちしてしまった。それも、店の金を、何百万も持ってね。それから、近藤さんは、すっかり人間不信になって、仕事する気にもなれず、店を甥ごさんにゆずって、このアパートへきたんだといってましたよ。その甥ごさんから、毎月二十万か、三十万か送金があって、生活には困らないので、仕事もせずに、毎日飲んだくれているといってました」

と、管理人は、いった。

「人生に絶望していた男が、公園で、小田切まゆみに会って、生きる希望を持ったということかな？」

吉田刑事が、硬い表現でいうと、管理人は笑って、

「何しろ、エンゼルに会ったんですからねえ」

「去年の三月頃、いなくなったといいましたね。その時の近藤さんの様子は、どうでした？」

と、十津川はきいた。

「どうといわれてもねえ。急にいなくなったんで」

「部屋は、どうなってました？」

「部屋は、そのままになってましたねえ。といっても、これといった荷物はあり

ませんでしたけど」

「仏壇はどうなってました？」

「ああ、写真がなくなってました」

「彼女の写真ね」

「ええ。みんな持っていったんだと思いますね。ああ、思い出しました」

「何です？」

「いなくなる前日かな。三月の末ですよ。お坊さんを呼んで、そのお坊さんが、お経をあげていましたよ」

「三月末ですか」

「ええ、二十八日か二十九日でしたかね。とにかく、その翌日、いなくなってしまったんですよ」

と、管理人は、いった。

「甥がやっているというレストランは、どこにあるか、わかりますか？」

「確か、札幌ですよ。近藤さんがいなくなってから、一度はがきをもらったことがあるんです」

管理人はいい、自分の部屋を探してくれて、一枚のはがきを見せてくれた。

去年の八月に届いたはがきだった。

〈残暑お見舞申しあげます
その後、叔父の行方はわかりません。もし、そちらに連絡がございましたら、
おしらせ下さい
札幌市東区北×条×番地
『オーロラ亭』矢代勇太郎《やしろゆうたろう》〉

5

吉田刑事の携帯電話が鳴った。

彼は、耳に当ててきいていたが、強い目で、十津川を見た。

「札幌へいきましょう」

「何かあったんですか？」

「今、署から連絡がありました。札幌市内で、橋本文夫が、殺されたということです」

「われわれの捜している橋本文夫ですか？」

「間違いありません。射殺です」

と、吉田は、いった。

三人は、そのまま、パトカーでJR旭川駅に急いだ。

駅前で、パトカーを乗り捨て、函館本線で、札幌へ向かうことにした。

列車のなかで、十津川は、重い口調で、

「間に合わなかったな」

と、亀井に、いった。

「近藤は、去年の三月、死んだ小田切まゆみの三回忌をすませてから、姿を消しています。それから、三人を探したんじゃありませんかね」

「それに、三人が、二十歳になるのを待ったんだろう」

と、十津川は、いった。

札幌駅に着くと、三人は、札幌中央警察署に直行した。

すでに、捜査本部が設けられていた。三浦という警部が、十津川たちの応対をしてくれた。

「昨夜遅く、ここから、車で十分ほどの場所にあるパチンコ店で撃たれました」

と、三浦は、いった。

「パチンコ店ですか」

「ええ。十時少し前に、橋本が店を出てきたところを、いきなり狙い撃たれています。犯人は待ち伏せしていたんだと思いますね。二発撃たれています」

「即死ですか？」

「病院に運ばれた直後に、亡くなりました」

胸と腹に、一発ずつ命中したのだという。

死亡時刻は、十時三十六分。

「殺された橋本文夫については、どのくらいわかっているんですか？」

と、十津川は、きいた。

「橋本文夫、二十歳。自称フリーターです。問題のパチンコ店から歩いて、十二、三分の場所にあるマンションに、住んでいます。独身です」

「両親は？」

「小樽《おたる》で、旅館をやっています」

「すると、ひとりで札幌へきて、マンション住いをしていたわけですか？」

「そうです。彼は、札幌市内の高校を卒業したんですが、事件を起こして、少年院へ送られました」

「その事件のことは、しっています」

と、十津川は、いった。

「それを恥じて、両親は、札幌から小樽へ移り、そこで、旅館業を始めたらしいんですが、橋本文夫にしてみれば、友人のいない小樽がいやで、札幌へ舞い戻ってきたようです」

と、三浦は、いった。

「この札幌では、どんな生活をしていたんでしょうか？」

「それは、これから調べたいと思っています」

と、三浦は、いった。

夜になって、小樽から、橋本文夫の両親が到着した。

十津川は、三浦警部に頼んで、亀井と二人だけで、この両親に会わせてもらった。

「なぜ、文夫が殺されたんでしょうか？　他人《ひと》に恨まれることなんか、ないと思います」

と、母親は、困惑の表情でいった。

父親のほうは、怒りをこめて、

「誰が殺したのか、早く、犯人を見つけて下さいよ」

と、いう。

十津川は、そんな両親を見据えて、

「犯人は、わかっています」

「そんなら、さっさと、捕まえて下さいよ！」

と、父親が、大声を出した。

「犯人の名前は、近藤肇です」

「その人が、なぜ、息子を殺したんですか？」

母親が、悲しみを押し殺したような声で、きく。

「小田切まゆみという少女をしっていますか？　いやしっていますね？」

「――――」

両親は、無言で、顔を見合わせている。亀井が、険しい顔で、

「しっているはずですよ」

と、両親を見据えた。

「あの事件は、もうすんだことですよ」

父親がいい、母親は、

「息子は、ちゃんと、罪を償ったんですよ」

「少年院に、六カ月入っただけです」

「でも、あの女の子は、自分で、石狩川にはまって、死んだんでしょう？　それなのに、なぜ、今になって息子が、責任を云々されるんでしょう？　三年もたって」

母親が、甲高い声を出した。

「そうです。勝手に死んだといえば、そうでしょう。だから、六カ月で少年院を出られた。しかし、彼女は、あなた方の息子さんたちから、層雲峡で暴行を受けなかったら、死なずにすんだんです。誰が、進んで死にたいと思いますか？　生きていれば、今は、十九歳です」

「だからといって、なぜ、息子が殺されなければならないんですか？　近藤とかいう犯人は、いったい、誰なんですか？」

父親は、自分を励ますように、大声を出した。

「この男です」

十津川がいい、亀井が、近藤の似顔絵を、二人に見せた。

「あの娘の父親ですか？」

と、母親が、きく。

「いや。小田切まゆみの父親は癌で死亡し、母親も、ひとり娘を亡くした悲しみで、自殺しています」

十津川が、いった。

「じゃあ、誰なんですか？」

父親が、眉をひそめて、きいた。

「彼女のおかげで、生きていく力を得た人間です」

十津川がいうと、父親は、いよいよ眉を寄せて、

「援助交際していた男ですか？」

「そんなことしか、思い浮かばないんですか！」

亀井が、思わず怒鳴った。

「ほかに、何が考えられるんですか？」

父親も、負けずに、きき返す。

十津川は、苦笑した。

「十七歳の少女と、中年の男との精神的な交流もあるんですよ」

「そんな人間が、人殺しをやるんですか？」

と、父親が、挑戦的にいう。

十津川は、構わずに、

「中山弘史という、息子さんの友だちをしっていますね。一緒に、層雲峡で小田切まゆみを暴行した人間です」

「ええ。しっていますわ」

母親が、小声で、いう。

「もうひとり、原田健二は、東京ですでに射殺されています。そして、あなた方の息子さんが殺され、次に狙われるのは、中山弘史だと思っています。彼が、今、どこにいるか、しりませんか？」

「しらないね。今、私は、息子のことで、頭が一杯なんだ。一刻も早く、犯人を捕まえて下さいよ！」

「そのためにも、協力してもらいたいんです。中山弘史さんの消息について、まったく、ご存じありませんか？」

十津川が、辛抱強くいうと、両親はまた、顔を見合わせてから、

「中山さんは、帯広《おびひろ》にいるときいたことが、ありますわ」

と、母親が、いった。

「帯広ですか」

「あの事件で、みんな、札幌にいられなくて、引っ越していったんですよ。加害者の家族だって、苦しんでいるんだ」

と、父親は、いった。

「帯広のどこかわかりませんか？」

「わからないな。中山さんは、札幌でパン屋をやっていたから、帯広でも、同じ仕事をやっていると思いますがね」

「何というパン屋ですか？」

「札幌では『石狩パン』といっていましたよ。生まれたのが、石狩川の近くだったからとか」

と、母親が、いった。

十津川と、亀井は、それだけきくと、あとは道警の三浦警部たちに任せて、市内東区に〈オーロラ亭〉を、訪ねることにした。

札幌駅から見て、中央警察署とは反対側、北大の近くだった。

洒落た、大正ロマンを感じさせる店が、フランス料理の〈オーロラ亭〉だった。

店の主人の矢代勇太郎は、幸い、店にいてくれた。

十津川と、亀井は、ちょうど夕食時間なので、コース料理を注文し、それを食べながら、奥のテーブルで、矢代に話をきくことにした。

「私も、叔父を探しているんですが、見つかりません」

と、矢代は、溜息をついた。

「まったく、連絡がないんですか？」

「ありません」

「奥さんは、家を出たということですね？」

十津川が、きいた。

「ひと回り若い、綺麗な奥さんをもらったんです。元モデルという女で、周囲の人間は、みんな反対したんですよ。叔父には向かないって。案の定でした。店の若いコックと、店の金を持って、駆け落ちですよ。落ちこんでしまいましてね。店の人間が、信じられなくなったというんです」

「それで、旭川に？」

「旅に出るといって出かけて、しばらく消息がわからなかったんですが、三カ月目に、旭川から、はがきがきました。札幌へ帰りたくないというので、そこへ、毎月仕送りをすることにしました」

「向こうでは、毎日、酒ばかり飲んでいたようですね」

「ええ、しっています。それが、急に、生きる張り合いができたと、電話してきました」

「なるほど」

「わけがわかりませんでしたが、それなら、とにかく、札幌へ帰ってきてくれと、いったんです。この店は、もともと叔父のものですから。一緒に、店をやっていこうといったんですが、旭川の街を離れるわけにはいかない、この街で、小さなレストランをやるつもりだ、というんですよ」

「わけはいいましたか？」

「いいえ。私は勝手に、旭川で、いい女《ひと》が見つかったんだろうと思っていたんですが」

と、矢代は、いった。

「小田切まゆみという名前は、しっていますか？」

亀井が、きいた。

「いや。しりません。叔父が、旭川で見つけたいい女《ひと》ですか」

「エンゼルです」

と、十津川は、いった。

「エンゼル？　何かの冗談ですか？」

矢代が、眉を寄せる。

「本当のエンゼルですよ」

十津川は、彼女のスケッチを、矢代に見せた。

「ああ、叔父ですよ」

「小田切まゆみが、描いたものです」

「絵描きさんですか？」

「生きていれば、画家になっていたかもしれませんね」

「死んだんですか？」

「そうです。近藤さんは、その敵を討とうとしています。拳銃を使って」

十津川がいうと、矢代は、目を大きくして、

「そんな馬鹿な。敵討ちなんて、叔父は、そんなことのできる人間じゃありませんよ。平凡で、人のいい人間なんです。人なんか殺せませんよ」

「最初から、人殺しの人間なんていません。ある日、突然、人を殺すことになるんです」

「叔父が、なぜ、そんなおそろしいことを？」

「近藤さんは、旭川で、エンゼルに会ったんです。本当の天使にです。彼に、生甲斐を作ってくれた天使です。その天使が、理不尽にも殺されてしまった。自殺だが、殺されたのと同じです。近藤さんは、今度は、彼女の敵を討つことに、生甲斐を持ったんだと思いますね」

と、十津川は、いった。

「叔父を見つけたら、どうなりますか？」

「次の殺人を、やめさせます」

「次のって、叔父は、何人も？」

「すでに二人、殺しています。そして、三人目を、殺そうとしています。私たちとしては、せめて、三人目の殺人だけは、防ぎたいのです」

と、十津川は、いった。

「しかし、私は、どうしたらいいんですか？」

困惑した顔で、矢代が、十津川を見た。

「ひょっとして、あなたが、近藤さんの居所をしっていらっしゃるのではと思って伺ったんですが」

「申しわけありません。まったく、連絡がつかないんです」

と、矢代は、いった。

「近藤さんから連絡があったら、すぐ、私たちにしらせて下さい」

十津川は、自分の携帯電話の番号を教えた。

6

二人が、札幌中央署に戻ると、三浦警部が、

「帯広の中山弘史の家がわかりました。両親のやっている店がわかったんです。札幌のときと同じように『石狩パン』と、いっているそうです」

「中山弘史は？　そこにいるんですか？」

「それが、電話したところ、今、旅行に出ているというのです」

「旅行——ですか？」

「それも、ガールフレンドと車で出かけて、一週間しないと、帰ってこないとい

うのです。行き先も、いってなかったということで」

三浦が、困惑した顔で、いう。

「携帯を持っていないんですか？」

「持っているらしいんですが、両親の話では、いくらかけても、向こうは、出るのが面倒らしく、スイッチを入れてないので、かからないと、いっています」

「ガールフレンドの携帯のほうは、どうなんです？」

「そちらも、かからないといっています。たぶん、二人だけの世界を、楽しみたいんだろうと、両親は、いっています」

「二人の乗っている車は？」

「中山弘史の車で、シルバーメタリックのボルボで、ナンバーも、わかっています」

「車の手配は？」

「十五分前に手配しましたが、あるいは、北海道から出てしまっているかもしれません」

と、三浦は、いった。

「帯広に戻ってくるのは、一週間後ですか」

「そうです。二月三日に戻ってくることになっていると、中山の両親は、いっています」

と、三浦は、いってから、

「一つ、不安なことがあります。昨日の午後ですが、警察だといって、われわれと同じことを、電話できいてきた男がいるというのです」

「近藤ですね」

「たぶん、そうでしょう。中山の両親が、同じ答えをしたといっています」

「ガールフレンドと一緒で、車のことも、話したんですね？」

「そうです」

「近藤が、われわれより先に中山を見つけたら、間に合いません」

と、十津川は、いった。

「何とか、彼より先に、中山弘史を見つけたいですが、携帯にも出ないとなると、捜すのが難しいですね」

三浦は、小さく溜息をついた。

「テレビ、ラジオで呼びかけたら、どうでしょうか？」

と、吉田刑事が、いった。

「どうするんだ？」

と、三浦が、きく。

「急用ができたから、すぐ連絡しろと、父親か母親の名前で、放送したらどうでしょう？」

「近藤も、その放送をきくか、見るかするおそれはあるぞ」

「ありますが、中山が連絡してくれれば、守ることができます」

「十津川さんは、どう思います？」

と、三浦が、きいた。

「やってみる価値はあると思います。現在、どこにいるかだけでもわかれば、助かります」

と、十津川は、いった。

中山弘史が、車のラジオをよくきいているということなので、ラジオで、呼びかけることに決まった。

帯広の両親のところには、道警の刑事が張りついて、中山から連絡が入れば、すぐ、三浦警部のところにしらせてくることにした。

十津川と亀井は、矢代の店に泊まりこんで、近藤からの連絡が入るのを待つことにした。

ラジオをつけると、若いディスクジョッキーが、中山に呼びかけていた。

「今、旅行中の帯広の中山弘史さん。ご両親が、急用ができたが、連絡が取れずに困っているそうです。もし、この放送をきいていたら、すぐ、ご両親に電話して下さい」

ほかのラジオ局でも、同じような呼びかけが、おこなわれていた。

「たぶん、近藤も、車で動いているでしょうから、この放送はきいていますよ」

と、亀井は、いった。

「だが、中山が、今、どこにいるかはわからないさ。いや、わからないことを祈るよ」

十津川が、いった時、店の隅の電話が鳴った。矢代が、受話器を取って「オーロラ亭です」といってから、急に顔色を変えて、送話口を手で押さえ、

「叔父からです」と、十津川に、いった。

「代わります」

と、十津川は、いって、受話器を受け取った。

「近藤さんですね？」

「――」

返事はない。が、電話も、切ろうとしない。

「私は、警視庁捜査一課の十津川といいます。私の話をきいて下さい」

と、十津川は、なるべく穏やかにと心がけて、相手に話しかけた。

「刑事さんですか」

「あなたがおっしゃりたいことを、いって下さい。きかせて下さい」

「いいたいことは、別にありませんよ」

「そんなことはないでしょう。あなたは、亡くなった小田切まゆみさんが、好きだったんでしょう？どんな気持ちだったのか、話してほしいんです」

「逆探知するんですか？」

「そんなことはしません。誓って、そんな卑劣な真似はしない。それより、あなたの話をききたい」

「私の話なんかきいて、どうするんです？」

近藤の声は、馬鹿にしたような調子だった。

「小田切まゆみさんが、どんな少女だったかをしりたいんです。彼女が死んでしまっているので、親しかったあなたにきくより仕方がないんです。あなただって、彼女のことを、話したいでしょう？　どんな少女だったか、教えて下さい」

十津川は、正直、近藤から、小田切まゆみのことをききたかったのだ。その気持ちが通じたのか、

「私のエンゼルだった」

近藤は、ぼそっと、いった。

「そんなに、優しい娘さんでしたか？」

「私はね、あの頃、生きる希望を失っていた。人間が信じられなくなっていた。自殺しなかったのは、自殺するだけの勇気がなかっただけだ」

「その頃、常盤公園で、小田切まゆみさんに会ったんですね？」

「私は、あそこへいって、ただ、ベンチに寝そべって、カップ酒を飲んでいた。アパートを出て、途中で二本買って、公園へいって、飲むんだ。ある日、ベンチで寝ているところを、彼女が、スケッチしていた」

「彼女のスケッチブックを見ましたよ。あなたのことを、いくつも描いていた」

「最初、私は、彼女を殴った」

「殴ったんですか？」

「酔っ払って寝ているところを描かれたからね。私にも、少しは、恥ずかしいという気持ちがあったんだ」

「彼女は、どうしました？」

「頭をさげて、あやまった。だが、無言だったので、私は、しゃくに触って、また殴った」

「彼女が、言葉が不自由なことがわからなかったんですか？」

「しらなかった。彼女は泣いて、帰ってしまった。そのあとで、彼女が、ろう学校の生徒だとしった。それで、謝ろうと思って、翌日、酒を買わずに、あの公園にいったが、彼女は、現れなかった。次の日もだ。三日目に、やっと会えた。その時、彼女は、小さな花を私にくれた。黙って、スケッチして、申しわけないと、スケッチブックに、字で書いてね。その時、彼女は、微笑していた。まるで、天使のようにね」

「よかったですね。仲直りができて――」

「それから、私は、毎日、あの公園にいって、彼女に会うのが、楽しみになった。彼女が、学校から帰ってからだから、いつも、夕方近くだった。日曜日には、昼前から会えた。彼女にならって、犬も飼うようになった」

「しっています」

「彼女と、少しでも、より親しくなりたくて、手話も、習ったよ」

「そうですか」

「あの公園で、彼女と、手話で話をする。その時、どんなに、安らいだ気分になったか、刑事さんにはわからないだろうと思う。私が、ベンチに腰をおろして、それを彼女が、スケッチする。時々、目をあげて、微笑する。幸福だった」

「わかるような気がします」

「一月、二月と、彼女と会っているうちに、私は、やっと、生きる力がわいてくるのを感じた。彼女に、ただの酔っ払いだと思われたくなかった。私は、旭川で、小さな店を開こうと思った。どんな店でもいい。彼女が、遊びにきてくれそうな店をだよ」

「それが、駄目になってしまったんですね？」

「ああ。彼女が、突然、死んでしまったんだ。それも三人の馬鹿な少年たちのためにだよ」

「あなたにとって、生甲斐が、消えてしまったんですね」

「私のすべてが、消えてしまったんだ。私は、口惜しかった。彼女を死に追いやった三人は、未成年だということで、半年で、少年院を出てきた。そんなことが、許されるのか。刑事さん、許されますか？」

「いや」

「そうだろう。許されていいはずがないんだ」

「だから、復讐を考えたんですか？」

「彼女が死んで、私の生甲斐は、彼女の敵を討つことだけになってしまったんだ」

「気持ちは、わかりますが」

「刑事なんかに、わかるものか」

「わかりますよ。あなたは、彼女の三回忌を、あなたなりにすませてから、三人を探しに出たんですね？」

「それに、彼等が、二十歳になるのを待った。未成年では、殺したくなかったんだ。大人になれば、責任が取れるはずだから、大人になってから、殺してやりたかったんだよ」

「もういいでしょう」

「何だって？」

「あなたは、もう二人殺している。もうやめなさい。こんなことをして、小田切まゆみさんが、喜ぶと思いますか？」

「そういう、おためごかしないい方は、私は大嫌いなんだ。彼女が、どんなに口惜しい思いで死んだかを考えれば、喜ぶに決まっているじゃないか。とにかく、私は、残った中山弘史を殺す」

「やめなさい」

「刑事さん」

「何です？」

「彼女の話をきいてくれて、ありがとう」

「もしもし。近藤さん！」

「――」

間を置いて、電話は、切れた。

7

十津川は、受話器を置いた。

「おためごかしか――」

「近藤は、そういったんですか？」

「ああ。確かに、彼のいうとおりなんだよ。小田切まゆみが、三人を許して死んだとは、思えない。怒りと、悲しさに、さいなまれながら、死んだはずなんだ。それを思えば、三人を殺して、彼女が喜ぶと思いますかというのは、おためごかしといわれても仕方がない」

十津川は、嚙みしめるように、いった。

「警部が、そんなことをいわれては、困りますね。近藤に、三人も殺させてはいけないんです」

亀井が、叱るようにいったとき、十津川の携帯電話が鳴った。三浦警部からだった。

「中山から、母親に、電話が入りました」

「それで、今、どこにいるんですか?」

「それはいわずに、層雲峡を回ってから、帰ると、いったそうです。それだけいって、電話を切ってしまったと」

「ちょっと、待って下さいよ」

「十津川さんのいいたいことは、わかりますよ。なぜ、層雲峡だというんでしょう？」

「そうですよ。層雲峡は、三年前、中山たちが、小田切まゆみに暴行し、死なせた場所でしょう？　なぜ、そこへ、中山がいくんです？」

「きっと、一緒に旅行しているガールフレンドが、いきたいと、いったんだと思いますね。中山は、それを拒否できなかった。三年前の事件を話すわけにはいかないし、彼自身も、三年前の事件を、怖いと思いたくないんだと思いますよ」

「近藤も、層雲峡へいくかもしれません」

「彼が、中山のいくことを、しっているというんですか？」

「ただ、そんな気がするだけです」

と、十津川は、いった。

翌朝、十津川と亀井は、道警の吉田刑事と、列車で旭川へ戻り、そこから、パトカーで層雲峡に向かった。三浦警部たちも、あとから、層雲峡にくるはずだった。

快晴で、雪が、やたらに眩しい。

夜のうちに、道路は、除雪されているので、パトカーは、スピードをあげて、走る。

幅の広い、まっ直ぐな道が、延々と続く。

スタルヒン球場や、自衛隊駐屯地をすぎて、長いトンネルを抜けると、やっと、旭川市を出たことになる。

ビルが消えて、両側は、真っ白な雪原である。水田や畠だったところに雪が積っているのだ。

道の両側に、赤と白のだんだらな矢印が、上からさがっている。積雪で、車道と歩道の区別がわからなくなるので、その境を示すための矢印だと、吉田刑事が、教えてくれる。

少しずつ、道幅が、狭くなってきて、周囲の景色が変わってきた。

山間に入ったのだ。小高い山が、不思議に白く見えないのは、カラマツ林のせいだった。その黒い枝や葉が、雪の白さを消してしまうのだ。

直線だった道路も、ゆったりと、蛇行するようになる。

急に、道の両側に、直立する岩の林が、見え始めた。細長い角張った岩が、幾重にも重なって、屏風のように並んでいる。

道路に沿って、石狩川の渓流が続いているから、道の両側ということは、石狩川の両側ということでもある。

道は、除雪されているが、それ以外は、深い積雪だった。

延々、二十四キロにわたって続く、岩の壁である。その岩の一つ一つに、寿老《じゅろう》人《じん》岩とか、マリア岩とか、名前がついている。

岩と岩の間に、滝が見えたが、すべて、凍ってしまっていた。

その中央あたりに、小ぢんまりした温泉街があり、ホテルや、旅館が、ひしめいている。

十津川たちは、石狩川の渓谷に近い、Gホテルにチェックインした。

七階のツインに十津川と亀井が入り、隣に、吉田が入った。

カーテンを開けると、白い積雪に挟まれた格好で、石狩川が、黒く流れているのが見えた。

今は、川幅が、三メートルくらいしかないが、小田切まゆみが死んだ三月末には、雪も溶けて、もっと、川幅も広く、水量も多かったろう。

ホテルの近くの河川敷では、二月上旬に始まる氷瀑まつりの準備が始まっていた。氷の回廊が円型を重ねた感じで、作られている。

「このあたりは、石狩川の源流なんでしょうね」

と、亀井が、黒く流れる渓流を見おろしていう。

「大雪山《だいせつざん》から流れてくるというからね」

ホテルの背後には、二千メートルクラスの峰々が、連なっている。大雪山だろう。

「中山とガールフレンドは、いつ、ここにくるでしょうか？」

亀井は、部屋のソファに腰をおろして、十津川に、きいた。

「わからない。明日か、明後日か。もうきているかもしれないな」

「近藤もくると、警部はいわれましたね」

「ああ。小田切まゆみが、呼んでいるような気がするんだよ」

と、十津川は、いった。

「そんな運命論者みたいないい方は、警部らしくありませんよ」

亀井が、苦笑する。

十津川は、煙草に火をつけた。

「運命論者か」

「死んだ人間の霊が呼ぶなんて、刑事の考えじゃありませんよ」

「中山が、ここへくることになったのは意外だったが、近藤は、彼と電話で話をしていて、層雲峡へいくような気がしたんだよ」

「それは、どういうことですか？」

「近藤と私は、小田切まゆみのことを話した。彼も久しぶりに、彼女のことを話すことができて、ありがとうと、礼をいった」

「近藤も、誰かに、彼女のことをきいてもらいたかったんですね」

「だから、彼が、この層雲峡にくると、私は思うんだよ」

「まだ、よくわかりませんが」

「近藤は、中山がここにくることをしれば、当然、やってくる。もし、しらなかったらどうだろう。近藤は、私と、小田切まゆみのことを久しぶりに話し、彼女の思い出に浸った。その余韻を楽しみたくて、近藤は、旭川か、層雲峡にいく。まず、いくと思われるのは、彼女とよく会った旭川の常盤公園だろうが、カメさんも見たように、今は、雪に覆われてしまっている。となれば、あとは、彼女が亡くなった層雲峡しかない」

「それで、わかりました」

「私は、近藤を説得するつもりで、電話で、小田切まゆみのことをきいたんだが、その結果、彼を、この層雲峡に呼ぶことになってしまった。その上、中山までが、ここにやってくるとなると、運命的なものを感じないわけにはいかないじゃないか」

と、十津川は、いう。

「警部は、ひょっとして、近藤に、中山弘史も殺させたいんじゃありませんか？」

亀井が、十津川を覗くように見た。

「カメさんは、どうなんだ？」

「わかりません。しかし、刑事としては、絶対に、阻止するつもりです」

「私も、同じだよ」

と、十津川は、いった。

夜になると、何かが落ちる音がきこえた。積った雪が落ちるのか、このあたりの岩石は、火山岩でやわらかいというから、岩そのものが、欠けて落下しているのか、わからなかった。

8

翌日の昼前に、三浦警部と、五人の刑事が到着し、十津川たちのGホテルの隣のホテルに、入った。

彼等は、中山の写真と、近藤の似顔絵を持って、層雲峡温泉にあるホテル、旅館を、片っ端から調べて歩いた。

二人とも、まだ現れていないというしらせが、十津川に入った。

十津川たちは、じっと待った。

十津川は、近藤が現れると、確信していた。そして、ここで、中山弘史と、出会うだろうことも、である。亀井のいうように、運命論者になっているのかもしれない。

十津川は、時々、窓から、黒く流れる石狩川を眺めた。旭川の街にも、石狩川は、流れていた。そして、札幌の近くにも、である。北海道の中央部を、蜿々《えんえん》と流れる大河なのだ。

夕方になって、中山が、ガールフレンドと層雲峡に着いて、Kホテルにチェックインしたと、三浦警部から連絡があった。

「しかし、弱りました。二人を、拘束するわけにはいきません」

と、三浦が、電話でいう。

「そうでしょうね」

「殺された橋本文夫と、原田健二のことで、話をききたいということは、できますが、彼は、別に、今回の事件の犯人というわけではありません。逮捕も、帯広へ連れ戻すことも、できません」

「わかります。問題は、近藤ですね」

「十津川さんは、近藤も、ここへ現れると、お考えでしたね」

「そう思っています」

「しかし、今のところ、近藤はどのホテル、旅館にも現れていません。民宿にもです」

と、三浦は、いった。

「明日は、現れるかもしれません」

十津川は、いった。

「私は、十津川さんと逆に、近藤は、現れないと思っています。中山がまさか、この層雲峡にくるとは、思っていないでしょうからね」

と、三浦は、いった。

十津川が、黙っていると、

「中山が、ここへきたのは、ガールフレンドが、強引に誘ったからだとわかりました。中山ひとりでは、ここへくるだけの勇気はなかったんですよ。だから、近藤も、中山が、層雲峡にくるとは思っていないはずです」

三浦は、少し、挑戦するようないい方をした。

（違うのだ）

と、十津川は、思った。十津川が、近藤がくると考えるのは、中山のためではなく、小田切まゆみが、呼ぶと思うからなのだ。

だが、それを口に出せず、代わりに、

「中山のガールフレンドは、どんな女ですか？」

と、きいた。

「名前は、片桐由美《かたぎりゆみ》。二十一歳。今どきの娘らしく、茶髪ですが、なかなかの美人ですよ」

「二人の仲は、どんな具合ですか？」

「明らかに、中山のほうが、惚れていますね。だから、いやいやだったが、彼女と一緒にこの層雲峡にきたんだと思います」

と、三浦は、いった。

「中山の様子はどうですか？　二人も、仲間が殺されたんだから、怯えているんじゃありませんか？」

十津川がきくと、三浦は、

「中山は若い男だし、彼女に惚れているんです」

「惚れた女の前では、威勢のいいところを見せたい——ですか？」

「そうです。虚勢かもしれませんが、やたらと元気ですよ」

「まずいですよ」

と、十津川は、いった。

「平気で出歩くから、危険だというんですか？」

「そうです。近藤に狙われます。相手は、拳銃を持っているんです」

「それは、近藤が、ここに現れたらでしょう？　こなければ、別に危険はありませんよ」

三浦は、いやに、楽観的だった。

「こなければ、いいですが」

「この温泉街のホテル、旅館、民宿には、近藤が現れたら、すぐ連絡するように、いってありますが、いまだに、何の連絡もありません」

「もちろん、私も、近藤が現れなければいいと、思っていますが」

と、十津川は、いった。

その夜、十津川は、亀井と二人で、話し合った。あまりにも、三浦警部が、楽観的だったからである。

「私も、そんなに心配することはないと思いますね」

と、亀井は、いった。

十津川は、首をかしげた。

「カメさんも、三浦警部みたいに、楽観論か？」

「いえ。三浦警部は、近藤は、現れないだろうと思っているわけでしょう。私は、警部と同じで、近藤が、この層雲峡に現れると、思っています。いえ、むしろ、現れてくれたほうがいいと、思っています。近藤を逮捕するチャンスだからです」

と、亀井は、いった。

「近藤を逮捕するチャンスか」

「そうですよ。これからも、近藤が、いつ中山弘史を殺すか、それを心配していかなければならないんです。私たちだって、北海道から、東京へ帰れません。いつ、近藤が、中山の傍に現れるか、わかりませんから」

「私は、できれば近藤が、自首してくれるのを、期待しているんだがね」

「中山を殺すまで、彼が、自首しないことは、警部は、よくわかっていらっしゃるはずですよ。だから、今日、この層雲峡で、近藤を逮捕してしまいたいんです」

と、亀井は、いった。

十津川は、煙草を、灰皿でもみ消すと、

「拳銃が、必要になるかもしれないな」

と、いった。

近藤が、拳銃を持って、原田たちを殺しているので、十津川も、亀井も、拳銃を持って、北海道へきている。

十津川は、何回か、拳銃を撃ったことがあるが、犯人を、殺そうとして、狙ったことはなかった。

「今度も、近藤を、射殺したくはないな」

と、十津川は、いった。

亀井は、拳銃を取り出して、それを、テーブルの上に置いてから、

「私は、近藤が中山を殺そうとしたら、こちらも狙って、撃ちますよ」

と、いった。

「わかっている」

と、十津川は、いった。犯人が、銃を持っていて、最初から標的になる人間を殺そうと思って狙ってくるとき、変に、犯人の手や足を狙うのは、かえって危険なのだ。

二人は、拳銃の手入れをしてから、ベッドに入った。

9

翌日、朝のうちは粉雪が舞っていたが、すぐ、雲が切れて、陽が射してきた。

まだ、温泉街に近藤が現れたという連絡は、入らなかった。

ホテルから見える両側の河川敷では、氷瀑まつりの準備が、引き続いておこなわれていた。

ここは、札幌の雪まつりとは違って、雪を固めたものに、石狩川の水をかけて凍らせるのである。

二月一日には、ライトアップされて、美しく輝くのだという。

昼になると、作業をしていた人々は、食事のために、河川敷から姿を消していった。

その代わりに、一組のカップルが、現れた。男のほうは、カメラを持っている。

（中山弘史だ）

十津川は、それに気づいたとき、急に、強い不安に襲われた。

「カメさん。いくぞ！」

と、叫んで、十津川は、部屋を飛び出した。亀井が、それに続く。

エレベーターで、一階におりる。ロビーを突っ切って、ホテルの外に出る。

マイナス十一度の冷気が、十津川を襲う。が、緊張しているのと、風がないのとで、寒くは感じなかった。

中山と、ガールフレンドの片桐由美は、建設中の氷の壁に、手を触れたり、写真を撮り合ったりしている。

十津川は、反射的に、石狩川を挟んだ、向こうの河川敷に、目をやった。

そこにも、氷の回廊や、城が、できあがりつつあった。

しかし、どこにも、人の姿はなかった。

（考えすぎか）

と思ったが、それでも、険しい目で、対岸を見据えた。

河川敷の上の土手を、国道39号線が走っている。時々、トラックが雪煙をあげて、通りすぎていく。

道路と河川敷の間には、遊歩道があるはずなのだが、すっかり雪に埋っている。

道路に、タクシーが一台、駐まっている。十津川は、そのタクシーが、気になった。

客は、乗っていない。

ドアが開き、制服に制帽の運転手が、降りてきた。

そのまま、積雪を踏みしめながら、対岸の河川敷におりてくる。

十津川は、自然に、内ポケットの拳銃に手がいった。

タクシーの運転手は、河川敷におりると、今度は、こちらに背を向けた。

（何だ。小便か）

十津川は拍子抜けして、また、こちら側の中山たちに、目をやった。

中山は、彼女を氷壁の前に立たせ、あれこれ、ポーズを取らせている。にっこり笑って、カメラを構える。
(呑気なものだ)
と、十津川は苦笑し、もう一度、向こう岸に目をやった。
小便をしていたタクシーの運転手が、こちらを向いていた。
その右手に、いつの間にか、拳銃が握られている。
(くそ!)
と、十津川は雪に足を取られながら、中山と女に向かって、突進し、飛びつ
いた。
彼女の悲鳴。
それにかぶさるように、鋭い銃声が、鳴りひびいた。
とたんに、どこに隠れていたのか、刑事たちが、飛び出してきて、中山たちの
体を、氷壁の裏側に、引きずりこんだ。
十津川は、立ちあがって、対岸に目をやった。
タクシーの運転手姿の近藤は、拳銃を握った右手を、だらりと、さげている。
十津川は、そんな近藤に、拳銃を向ける気がしなかった。
亀井は、拳銃を構えているが、撃たなかった。彼も、近藤を撃つ気になれなか

ったのだろう。

「向こう岸へ渡れ！」

と、三浦警部が、怒鳴っている。

「近藤さん！」

と、十津川は、対岸の近藤に向かって、大声で叫んだ。

「もう諦めて、銃を捨てなさい！」

「早く、銃を捨てろ！」

と、亀井も、叫ぶ。

だが、石狩川の急流の音で、十津川たちの声がきこえないのか、拳銃を持ったまま、何か、手招きでもするように、両手を顔の前で交叉させた。

それを、二、三度、繰り返している。

ようやく、対岸に回った道警の刑事たちが、雪煙をあげて、近藤に殺到していく。

それに気づいた近藤が、にやっと笑ったように見えた。

そのまま、拳銃の銃口を自分のこめかみに当てた。

「やめろ！」

「死ぬんじゃない！」

十津川と、亀井が、同時に叫んだとき、二発目の銃声が、峡谷にひびいた。

一瞬、十津川は、目を閉じた。

再び目を開けた時、近藤の体は雪の上に倒れ、噴出する血が、その白い雪を、真っ赤に、染めていった。

重苦しい静寂。

それを最初に破ったのは、中山の無責任な声だった。

「ざまあみろ。くたばりやがった！」

その声を耳にしたとき、十津川のなかで、何かがきれた。

十津川は、黙って中山に近づくと、拳銃を取り出して、銃口を、彼の額に押しつけた。

「それ以上何かいったら、殺すぞ」

「警察が、こんなことをしていいのか？」

と、中山が、声を震わせた。

「撃てやしないわよ。脅しよ」

ガールフレンドが、わめく。

十津川は、銃口を押しつけたまま、引き金をひいた。

中山の体が、がくりと揺れ、そのまま、へなへなと雪の上に座りこんでしまった。

十津川は、それを見おろして、ゆっくり拳銃をしまった。

「警察の銃は、暴発を防ぐために、一発目は、弾丸が出ないようになってるんだよ」

「腰が抜けたのか？」

と、亀井が、からかった。

「畜生！　訴えてやる！」

中山が、声を震わせた。

「結構だ」

と、十津川は冷笑して、

「法廷で、三年前、ここでお前たちが何をやったか、はっきりさせてやる」

と、いった。

十津川と亀井は、それだけいうと、もう、中山たちを見ようとせず、対岸に向かって、歩き出した。

橋を渡って、向こうの河川敷へ出る。道警の刑事たちが輪を作っていた。

二人は、その輪のなかを、覗いた。

白い雪の上に、ばらまかれた血の赤さだけが、十津川を捉えて、はなさなかった。

道路上のタクシーを調べにいった吉田刑事が、本物の運転手を連れて、河川敷におりてきた。

「彼は、縛られて、トランクにほうりこまれていました」

と、吉田は、三浦警部に報告した。毛布にくるまった運転手が、詳しい話をする。

近藤は、上川《かみかわ》駅で乗った。ところが、層雲峡の近くまできたとき、いきなり、背後から殴られて、気を失った。気がつくと、トランクのなかで縛られていて、制服と制帽を奪われていたと。

十津川は、彼の証言をほとんどきいていなかった。十津川にとって、白い雪を血で染めて倒れている近藤肇の死体こそ、唯一の現実だったからである。

この現実の前に、中山弘史と、そのガールフレンドを助けたことなど、何の意味もないように思えてくるのだ。

人の命は、すべて平等だという言葉を、十津川は信じていない。

もちろん、理屈としては平等と思うし、刑事としては、そう信じて、行動しなければならない。だからこそ、今日も、身を挺して、中山を助けた。

だが、ひとりの人間として考えた時、人間の生命が、同じように尊いとは、とても思えない。

層雲峡で死んだ十七歳の小田切まゆみと、彼女を暴行し、死に追いやった三人の若者の生命が、どうして、平等だといえるのか。三人の生命をプラスしても、小田切まゆみひとりに劣るだろう。

中山を助けて、ほっとしたあと、近藤が自ら命を絶つのを見た時の、何ともいえない空しさを、今、十津川は、嚙みしめていた。

彼は、近藤の死体を見つめ続けた。

近藤は、たぶん、中山を殺して、自殺するつもりだったろう。だから、十津川たちがいても、撃ってきたのだろう。

失敗した場合も、死ぬ気だったのか。そう思える。だが、

(なぜ、死んだんだ?)

と、十津川は、腹が立つ。

死んだ、十七歳の小田切まゆみのことを考えるからだった。

彼女は、早く父親を失い、母親も、自殺してしまった。

（今、彼女を思い出してくれるのは、近藤だけじゃないか）

腹立たしい。

捕まって、裁判になって、終身刑になっても、いいではないか。小田切まゆみを思い続けることはできるだろう。そうしている限り、彼女は、近藤の思い出のなかに生き続けられるのだ。

遺体を運ぶ車は、なかなか到着しなかった。そのため、近藤の死体は、雪の上に、横たわったままになっている。

四十分近くたって、ようやく、救急車がやってきて、近藤の死体は、運び出された。

「あとは、どうやって近藤がここへきたか、それを解明して、この事件は終わりですね」

と、三浦警部は、いった。

二日後になって、近藤の甥の矢代が、捜査本部に現れて、一通の手紙を、三浦警部に渡した。

それは、近藤が、層雲峡へいく途中で、投函したものだった。宛先は、矢代宛てになっている。

「なかを読み出して、これは、私ひとりの胸におさめておくことがはばかられたので、持参しました」

と、矢代は、いった。

近藤は、層雲峡に近い石北《せきほく》本線の上川駅で降り、そこから、タクシーで、層雲峡に向かったものと思われる。

近藤は、駅の傍の喫茶店で、その手紙を書き、投函したらしい。

〈矢代様
私はこれから、馬鹿なことをしに、層雲峡へいく。いや、馬鹿なことはすでにしてしまっている。どうせ、今回の事件は、マスコミが書き立てるだろう。それも、面白おかしく、十代の少女にのぼせあがった五十男の、時代錯誤の敵討ちとでもね。

私は、何といわれても構わない。確かに、馬鹿な男だと自分でも思う。

ただ、お前にだけはわかってもらいたいのは、彼女は、本当に、私の天使だったということだ。私のことで、迷惑をかけることになると思うが、許して下さい。

近藤　肇〉

近藤のこの予想は、一部、当たっていた。この事件のことで、近藤の行為を茶化して書いた、週刊誌もあったからである。十津川も、事件記者から、事件について話してくれといわれたが、何もいわなかった。

そうした騒ぎが静かになり、冬が終わり、春になって、道警の吉田刑事から、十津川は手紙をもらった。

〈その後、いかが、おすごしですか？

早いもので、旭川の街にも、春がやってきました。常盤公園の雪も解け、犬を連れた女性や、ベンチで居眠りをする男性の姿などを、見かけるようになりました。

事件のことで、ご報告するのを忘れていたことがあります。

近藤肇の葬儀ですが、甥の矢代さんがすべて、仕切りました。その際、私は、十津川さんに頼まれたとおり、小田切まゆみのスケッチブックのなかの一枚を、棺に入れさせてもらいました。どれにするか、十津川さんに任されていましたので、私の一存で、近藤が、ベンチで眠っているデッサンに致しました。一番、近藤が、可愛く描かれておりましたので。

これからの北海道は、快適な季節を迎えます。ぜひ、また、お出で下さい。

吉田拝

十津川省三様〉

〔この作品はフィクションで、作中に登場する個人、団体名など、全て架空であることを付記します。〕

本書は二〇〇一年六月、文藝春秋より刊行されました。

双葉文庫

に-01-101

石狩川殺人事件《いしかりがわさつじんじけん》

2021年9月12日　第1刷発行

【著者】
西村京太郎《にしむらきようたろう》

【発行者】
箕浦克史
【発行所】
株式会社双葉社
〒162-8540 東京都新宿区東五軒町3番28号
［電話］03-5261-4818(営業)　03-5261-4831(編集)
www.futabasha.co.jp（双葉社の書籍・コミックが買えます）
【印刷所】
大日本印刷株式会社
【製本所】
大日本印刷株式会社
【カバー印刷】
株式会社久栄社

【フォーマット・デザイン】
日下潤一

ISBN978-4-575-52505-2 C0193
Printed in Japan